KB179751

카르멘

소설 카르멘에서 오페라 카르멘으로

카르멘

소설 카르멘에서 오페라 카르멘으로

프로스페르 메리메 지음 | 한정주 옮김

지성공간

차례

여자는 쓸개즙처럼 쓰다.

여자가 달콤할 때는 단지 두 번, 잠자리에서와 무덤 속에서뿐이다.

팔라다스[1]

---

1) 팔라다스(PALLADAS): 5세기 그리스 시인으로, 메리메는 그의 시를 그리스어 원어 그대로 자신의 소설 『카르멘』에 제사로 썼다. 이 시에는 사랑과 죽음이라는 『카르멘』의 주요 주제가 담겨있다.

1장

    문다전투[2]가 일어났던 평원을 바스툴리 포에니 지방이라고, 즉 지금의 몬다 근처인 마르베야로부터 북쪽으로 약 8 킬로미터[3] 떨어진 곳이라고 주장하는 지리학자들을 보면서, 나는 그들이 잘 알지도 못하면서 그런 주장을 한다고 항상 의심하곤 했다. 익명의 저자가 쓴 『스페인 전쟁』[4]의 내용 및 오수나 공작의 훌륭한 장서에서 수집된 여러 정보를 토대로 추측하여, 나는 카이사르가 원로원파에 대해 사활을 건 최후의 승부를 했던 그 기념비적인 장소를 몬티야

---

2) 문다전투: 기원전 45년 히스파니아 남부의 문다평원에서 벌어진 전투로, 카이사르 및 민중파와 폼페이우스의 아들 및 원로원파 간의 전투이다. 로마 공화정 말기 카이사르 내전의 마지막 전투인 이 전투에서 카이사르는 완벽하게 승리함으로써, 약 5년간의 내전을 끝내고 로마의 유일한 권력자가 되었다.

3) 프랑스어로는 lieue로 적혀있는데, lieue는 약 4 킬로미터에 해당되는 거리 단위이다. 독자들에게 친숙한 킬로미터 단위로 환산하여 번역하였다.

4) 『스페인 전쟁 Bellum Hispaniense』은 카이사르의 『회상록 Commentaires』에 수록되어 있지만, 카이사르가 쓴 것이 아니라 카이사르의 부하장교가 쓴 것으로 추정된다.

부근에서 찾아야 한다고 생각했다. 1830년 초가을에 안달루시아로 가게 된 나는, 풀리지 않는 그 의혹을 풀기 위해 꽤나 오랫동안 답사를 했다. 곧 출판하게 될 이에 관한 내 논문이 모든 선의의 고고학자들이 품고 있을 불확실성을 해결해주길 기대해본다. 전 유럽 학계에서 풀리지 않던 그 지리학적 문제를 내 논문이 해결해주기를 기다리는 동안, 나는 이제 여러분에게 이야기를 하나 들려주려 한다. 이 이야기에는 흥미로운 관심사인 문다의 위치에 대한 어떠한 편견도 포함되지 않을 것이다.

코르도바에서 두 필의 말을 빌리고 안내인 한 명을 고용한 나는 카이사르의 『갈리아 전기』와 몇 벌의 셔츠만 짐으로 챙겨서 조사활동을 시작했다. 어느 날 카체나 평야의 고지대를 헤매고 있을 때 피로로 기진맥진한 데다 목말라 죽을 것 같고 뙤약볕에 불타버릴 것만 같아서, 나는 진심으로 카이사르와 폼페이우스의 후손 따위는 내팽개쳐버리고 싶었다. 그때, 가던 오솔길 저 멀리에서 드문드문 골풀과 갈대가 피어있는 작고 푸른 풀밭이 눈에 들어왔다. 그건 근처에 샘물이 있다는 뜻이었다. 하지만 가까이 다가가 보니, 풀밭인 줄 알았던 그곳은 늪이었고, 카브라 산맥의 높은 두 산 사이 좁은 협곡에서 나온 듯한 한 줄기 시냇물이 그 늪으로 흘러들어가 사라졌다. 이 물길을 거슬러 오르면 거머리도 개구리도 없는 깨끗한 물을 찾을 수 있을 테고, 그곳에서 바위 사이의 그늘도 발견할 수 있겠다고 예상했다. 협곡 입구에 이르렀을 때 내 말이 울기 시작했는데, 보이지 않는 어떤 말이 그 울음소리에 화답했다. 한 백 보쯤

걸어갔을까, 그 협곡이 갑자기 넓어지면서 자연적으로 생긴 일종의 원형 경기장 같은 지형이 나타났다. 주변을 둘러싼 높은 절벽으로 인해 그곳은 완전히 그늘져있었다. 여행자에게 이보다 더 달콤한 휴식처를 찾기란 불가능할 것이다. 깎아지른 바위 아래로는 거품이 일며 샘물이 솟아났고, 그 샘물은 눈처럼 새하얀 모래로 뒤덮인 작은 연못으로 떨어져 내렸다. 연못가에 있는 푸르른 떡갈나무 대여섯 그루는 항상 바람을 피할 수 있고 샘물 덕에 싱싱하게 자라, 연못가에 넓은 나무 그늘을 드리우고 있었다. 게다가 연못 주변의 윤기 있는 가는 풀은 최고의 잠자리를 제공했으니, 반경 40킬로미터의 어느 여관에도 이보다 훌륭한 잠자리는 없을 터였다.

이처럼 멋진 장소를 발견한 영예를 차지한 건 내가 아니었다. 거기에 이르렀을 때 이미 한 남자가 쉬고 있었는데, 분명 잠이 든 것 같았다. 말 울음소리에 잠이 깬 그 남자는 벌떡 일어나 자기 말에게 다가갔다. 말은 주인이 잠든 틈을 타서 주변의 풀을 맛있게 먹던 참이었다. 그 남자는 키는 중키에 체구는 건장했으며, 눈매는 침울하면서도 거만해 보이는 젊은이였다. 예전에는 미남이었을 사내의 얼굴빛은 햇볕에 그을려 머리카락보다도 더 검었다. 그는 한 손으로는 말의 고삐를 잡고 있었고, 다른 한 손으로는 구리 소총을 쥐고 있었다. 솔직히 고백해서, 나는 처음에는 소총과 그 남자의 거친 태도로 인해 조금 겁이 났다. 하지만 강도가 있다는 말을 아무리 들어도 실제로 강도를 만난 적은 한 번도 없던 터라, 나는 더 이상 강도의 존재 자체를 믿지 않았다. 게다가 중무장을 하고 시장에 가는 선량한 농부들을 하도 많이 봐서, 단지 총을 갖고 있다는 이유로 모르는 사람의 도덕성을 의심할 수는 없는 노릇이었다. 또한 '셔츠랑 엘제비르 판『갈리아 전기』로 그가 무얼 할 수 있겠어?'라는 생각도 들었다. 그래서 스페인식으로 친근한 고갯짓을 하며 소총을 든 사내에게 인사를 했고, 낮잠을 방해한 건 아니냐고 웃으면서 물었다. 그는 아무 대답 없이 머리끝부터 발끝까지 나를 훑어보았다. 그러더니 살펴본즉 만족했는지, 이번에는 앞서 가던 내 안내인을 똑같이 주의 깊게 살펴보았다. 내가 보니 안내인은 새파랗게 공포에 질려 꼼짝달싹 못하고 있었다. '괜한 녀석을 만나게 되었군!'이라는 생각이 들었다. 하지만 곧 신중하게 판단하여 어떤 우려도 내색하지 않기로 했다. 나는 말에서 내려 안내인에게 고삐를 풀라고 한 후, 샘물가에 무릎을 꿇고 머리와 손을 샘물에 담갔다. 그리고는 기드온[5]의 못된 병사처럼 배를 땅에 대고 실컷 샘물을 마셨다.

그러면서도 나는 안내인과 그 낯선 사내를 관찰했다. 안내인은 분명 마지못해 다가왔지만 낯선 사내가 우리한테 나쁜 생각을 품은 것 같지는 않았다. 말을 자유롭게 방치하고 있었고, 처음에는 우리를 향해 수평으로 쥐고 있던 그의 총구가 이제는 땅을 향하고 있었으니 말이다.

나를 무시하는 태도에 기분이 상하면 안 된다고 생각하면서 나는 풀밭에 드러누웠다. 그리고 혹시 부싯돌이 있는지 소총을 가진

---

5) 구약성경 사사기에 등장하는 인물.

사내에게 태연하게 물으며 시가 케이스를 꺼냈다. 여전히 아무 말 없던 사내는 주머니를 뒤져 부싯돌을 꺼내어 재빨리 불을 붙여주었다. 확실히 그는 이제 아까보다 온순해져 있었다. 여전히 무기를 손에 쥐고 있었지만 나와 마주 앉아 있었으니 말이다. 시가에 불이 붙자, 나는 남아있는 것 중 가장 좋은 시가를 골라서 그에게 담배를 피우냐고 물었다.

"네, 선생님." 그가 대답했다.

이것이 내가 그에게서 처음으로 들은 말이다. 나는 그가 'S'를 안달루시아 방식으로[6] 발음하지 않는다는 점을 알아차렸고, 그 남자 또한 고고학자는 아니어도 나처럼 나그네라는 결론을 내렸다. 그에게 진품 아바나산 시가를 권하면서 말했다.

"이거 꽤 맛이 좋을 거예요."

그는 가볍게 고개 숙여 인사한 후 내 시가로 자기 시가에 불을 붙였고, 또다시 고개 숙여 감사를 전한 후 아주 만족스럽게 시가를 피우기 시작했다. 처음 한 모금 연기를 입과 코로 천천히 내뿜으며 그가 외쳤다.

"아! 정말 오랜만에 피워보네요!"

마치 동양에서 빵과 소금을 서로 나누면 그러하듯, 스페인에서는 시가를 주고받으면 친해지게 된다. 이 남자는 내가 예상했던 것보다 훨씬 수다스러웠다. 게다가 자기가 몬티야 읍에 살고 있다

---

6) 원주: 안달루시아 사람들은 s를 발음할 때 c와 z와 비슷하게 발음한다. 마치 스페인 사람들이 영어의 th를 발음하는 것과 비슷하게 말이다. Señor라는 단어 하나만 발음해도 안달루시아 사람을 쉽게 구별할 수 있다.

고 말했지만 실제로는 이 고장을 잘 모르는 것 같았다. 우리가 함께 있던 그 멋진 골짜기의 이름조차 몰랐으니 말이다. 또 주변 마을 이름도 하나도 대지 못했다. 나는 주변에 무너진 성벽이나 테두리가 있는 커다란 기와, 혹은 조각된 돌을 본 적이 있냐고도 물었는데, 솔직히 자기는 그런 것에는 관심이 없다고 대답했다. 대신에 말에 관해서는 전문가처럼 보였다. 그는 내 말의 흠을 지적했는데 그건 그리 어려운 일도 아니었다. 곧이어 자기 말의 혈통을 설명하면서 코르도바의 유명한 종마 사육장 출신이라고 했다. 그의 주장대로라면 고귀한 혈통인 자기 말은 피로에 지칠 줄 몰라서 한 번은 구보와 속보로 하루에 120킬로미터를 달린 적도 있다는 것이었다. 신나게 이야기를 늘어놓다가 그 낯선 사내는 문득 자기가 말을 너무 많이 했음에 놀라고 화가 나서는 갑자기 하던 말을 멈추었다. "아주 급히 코르도바에 가야 할 일이 있었거든요. 소송 건으로 판사에게 청원할 일이 있었어요." 당황한 기색으로 그가 말을 이었다. 이렇게 말하며 그는 안내인인 안토니오를 쳐다봤는데, 안토니오는 눈을 내리뜨고 있었다.

그늘과 샘물에 매료된 나는 몬티야의 벗들이 맛있는 햄 여러 장을 안내인의 배낭에 넣어준 사실이 갑자기 생각났다. 나는 햄을 가져오게 해서는 이 즉흥적인 간식 시간에 낯선 사내를 초대했다. 그가 오랫동안 담배를 피우지 못했다면, 적어도 48시간 동안은 아무 것도 먹지 못했을 것 같았다. 그는 마치 굶주린 늑대처럼 게걸스럽게 먹어댔다. 내가 그를 만나게 된 것은 이 불쌍한 사람을 위한 조물주의 뜻일 것만 같았다. 하지만 안내인은 잘 먹지도 못하고 별로 마시지도 못한 채, 아무 말도 하지 않았다. 함께 여행했던 그동안은 최고의 수다쟁이였는데도 말이다. 같이 있는 손님이 그를 거북하게 만드는 것 같았고, 내가 그 이유를 알 수는 없지만 이 두 사람은 서로를 불신하며 거리를 두고 있었다.

마지막 빵 한 조각과 햄이 금방 자취를 감추었다. 우리는 함께 두 번째 시가를 피웠다. 나는 안내인에게 말의 굴레를 씌우라고 하면서 새로운 벗에게 작별을 고하려 했다. 그런데 그가 오늘 밤 어디에서 묵을 거냐고 내게 물었다.

안내인이 눈짓하는 것을 알아차리지 못한 나는 쿠에르보 여관[7]에서 묵을 예정이라고 대답했다.

"선생님 같은 분이 묵으실 만한 곳이 못 되는 후진 곳인데요…. 저도 그곳으로 가는 길이니, 괜찮으시면 함께 가시겠습니까? 우리 동행하지요."

"물론 좋아요." 나는 말에 올라타며 대답했다.

내 말의 등자를 잡고 있던 안내인이 다시 한번 눈짓으로 신호를 보냈지만, 나는 아무렇지도 않으니 안심하라는 의미로 어깨를 으쓱해 보였다. 그리고 우리는 모두 함께 길을 나섰다.

안토니오의 알 수 없는 신호와 걱정스런 모습, 낯선 사내가 무심코 한 이야기, 특히 120 킬로미터나 질주했다는 이야기, 그 질주에 대한 그럴듯하지 않은 변명. 이 모든 것을 종합하여 나는 동행

---

7) 쿠에르보 여관: 까마귀 여관이라는 뜻.

하게 된 이 남자에 대한 나름의 판단을 내렸다. 이 남자는 분명 밀수업자거나 산적일 것이라고 믿어 의심치 않은 것이다. 그게 무슨 상관인가? 스페인 사람들의 기질상 함께 먹고 함께 담배를 나누어 피운 사람이라면 전혀 두려워할 필요가 없음을 나는 잘 알고 있었다. 오히려 그가 있음으로 해서 뭔가 불미스러운 만남을 미연에 방지할 수 있는 확실한 방패가 될 것 같았다. 심지어 산적이 어떤지 알게 되는 것이 나는 매우 기뻤다. 산적은 아무 때나 만날 수 없을뿐더러, 친절하고 순한 상태에 있는 위험인물 곁에 있어본다는 것은 묘한 매력이 있는 것이다.

이 낯선 사내가 차차 속내 이야기를 털어놓도록 만들고 싶었다. 그래서 안내인이 계속 눈을 깜빡이며 눈짓을 보내는데도 나는 노상강도에 대한 이야기를 꺼냈다. 물론 경의를 표하며 이야기했다. 당시 안달루시아 지방에는 호세 마리아라는 이름의 매우 유명한 노상강도가 있었는데, 모두들 그의 활약상을 떠들어대곤 했다. '혹시 내가 호세 마리아랑 있는 걸까?' 이런 생각이 들었다. 나는 그 영웅에 대해 아는 이야기들, 특히 모든 찬사를 늘어놓으며 그의 용기와 아량을 치켜세웠다.

"호세 마리아는 그저 건달 녀석인걸요." 그 이방인은 차갑게 대꾸했다.

'스스로에 대한 공정한 잣대인가? 아니면 지나치게 겸손한 걸까?' 나는 이제 이런 생각이 들었다. 왜냐하면 이 동행인을 살펴본 결과, 호세 마리아의 인상착의를 적용하는 데 성공했기 때문이다.

안달루시아의 수많은 마을의 입구마다 그의 인상착의가 붙어있었고 그래서 읽어둔 바 있었다. '그래, 분명 그 녀석이 맞아…. 금발, 푸른 눈, 커다란 입, 가지런한 이, 작은 손, 고급 셔츠, 은단추가 달린 벨벳 조끼, 흰 가죽 각반, 적갈색 말…. 의심할 여지가 없어! 하지만 정체를 숨기려 하니 존중해주기로 하자.'

우리는 여관에 도착했다. 그 여관은 그가 알려주었던 그대로였다. 즉 내가 여태 가본 곳 중에서 가장 초라한 여관 중 하나였다. 커다란 방 하나가 부엌이자 식당이자 침실이었다. 그 방의 한가운데에는 평평한 돌 위로 불이 타오르고 있었는데, 지붕에 뚫린 구멍으로 그 연기가 빠져나가고 있었다. 아니, 빠져나가기보다는 바닥으로부터 몇 자 높은 곳에서 구름처럼 맴돌고 있었다. 벽을 따라 방바닥에는 노새용 낡은 담요 대여섯 장이 깔려있었는데, 그것이 손님용 잠자리였다. 이 집으로부터, 다시 말해 방금 전 묘사한 그 단칸방으로부터 스무 걸음 떨어진 곳에는 마구간으로 쓰는 일종의 헛간이 있었다. 이 매력적인 집에 사람이라고는, 최소한 지금 현재는 노파와 열 살 내지 열두 살가량 되어 보이는 어린 소녀만 있었다. 이들은 둘 다 그을린 얼굴빛에 누추한 누더기를 걸치고 있었다. '고대 문다 베티카[8]인 중 이들만 남았구나! 오 카이사르여! 오 섹스투스 폼페이우스여! 그대들이 지금 이 세상에 온다면 얼마나 놀랄까!' 나는 이런 생각이 들었다.

---

8) 문다 보에티카(Munda Boetica): 베티카(Bétique)의 문다라는 의미, 즉 현재 안달루시아 지방을 말한다. 베티카는 카이사르와 폼페이우스 시절에 로마의 영토였다.

노파는 내 동행인을 보자 놀라서 외쳤다.

"어머나, 돈 호세 나리시군요!"

돈 호세가 눈썹을 찌푸리며 위엄 있게 손을 들어 올리자 노파는 곧 입을 다물었다. 나는 안내인을 돌아보았고, 이 밤을 같이 보낼 이 남자에 대해 더는 알려주지 않아도 됨을 알아듣도록 슬쩍 신호를 보냈다. 저녁식사는 기대했던 것보다 훌륭했다. 30 센티미터쯤[9] 되는 높이의 작은 식탁에 음식이 차려졌다. 쌀과 고추를 듬뿍 넣은 소스에 조린 닭고기 프리카세[10], 기름에 절인 고추, 일종의 고추샐러드라고 할 수 있는 가스파초[11]가 차려졌다. 이렇게 양념이 강한 세 가지 요리 때문에 우리는 자주 몬티야 포도주 자루를 꺼내어 마셨는데, 포도주 맛도 참 좋았다. 식사를 다 마치자 벽에 걸린 만돌린을 가리키며 – 스페인에서는 어디를 가도 만돌린이 있다 – 나는 식사를 차려주던 소녀에게 만돌린을 연주할 줄 아냐고 물었다.

"저는 못해요, 하지만 돈 호세 나리는 멋지게 연주해요!"

"그것 참 잘되었네요. 내게 한 곡 연주해줘요. 나는 이 나라 민속음악을 아주 좋아하거든요." 그에게 말했다.

"그렇게 맛난 시가를 주신 친절한 분의 부탁을 거절할 수는 없

---

9) 프랑스어로는 pied로 적혀있는데, pied는 피트에 해당하는 거리 단위이다. 독자들에게 친숙한 센티미터 단위로 환산하여 번역하였다.

10) 프리카세: 고기나 생선 살을 소스에 익힌 일종의 스튜.

11) 가스파초: 가스파초는 스페인 안달루시아 지방에서 즐겨먹는 차가운 수프로, 토마토, 양파, 올리브 오일 등이 주재료이다. 『카르멘』을 쓰기 전 스페인을 두 번이나 여행했던 메리메는 스페인에 대해 매우 해박한 지식을 가지고 있었으나, 스페인에 대한 거의 유일한 오류로 가스파초만은 착각하였으니, 차가운 수프를 샐러드라고 기술하였다.

지요." 돈 호세가 기분 좋게 대답했다.

만돌린을 받아 든 그는 반주하며 노래하기 시작했다. 그의 목소리는 거칠지만 매력적이었고, 뭔가 우수에 젖은 듯 야릇한 느낌이었다. 그런데 가사를 한 마디도 알아들을 수 없었다.

"내가 착각하지 않았다면, 방금 부른 노래는 스페인 노래가 아닌가 봐요. '지방'[12]에서 들은 적이 있는 '소르시코즈'[13]랑 비슷하네요. 그렇다면 가사가 바스크어겠군요." 그에게 물었다.

"네, 맞아요." 돈 호세가 우울한 어조로 대답했다.

그는 만돌린을 바닥에 내려놓더니 팔짱을 낀 채 꺼져가는 불꽃을 응시하기 시작했고, 그에게서 야릇한 슬픔이 느껴졌다. 작은 탁자에 놓인 램프의 불빛에 비친 그의 모습은 고상하면서도 사나워 보였고, 밀턴의 사탄을 연상시켰다. 그 사탄처럼 이 동행인도, 떠나온 고향과 자신의 잘못으로 초래된 추방 신세를 생각하는 것 같았다. 대화를 유쾌하게 이끌려고 해도, 그는 더 이상 아무런 대꾸도 하지 않고 슬픈 생각에 잠겼다. 이미 노파는 방 한구석에 줄을 치고 구멍 난 담요를 걸어 구분을 지은 곳에서 자고 있었다. 어린 소녀도 그 여성 전용 은신처로 할머니를 따라 들어갔다. 그러자 안내인이 일어서더니, 자기를 따라 마구간에 가자고 내게 말했다. 그 말에 돈 호세는 소스라쳐 정신을 차렸고, 어디를 가려느냐고 거칠게 그를 다그쳤다.

---

12) 원주: 지방(les Provinces): 특권을 누렸던 특권 지방들, 특히 알라바, 비스카야, 기푸스코아, 나바르의 일부 지방을 의미한다. 바스크어는 바로 이 지방들의 언어이다.

13) 소르시코즈(zorzicos): 바스크 지방의 춤곡.

"마구간에 가려고요." 안내인이 대답했다.

"뭘 하려고? 말에겐 이미 먹이를 주었어. 여기서 자게. 선생님도 허락하실 거야."

"선생님의 말이 병이 난 것 같아서 선생님이 한 번 봐주셨으면 해요. 선생님은 어찌해야 할지 아실 테니까요."

분명 안토니오가 내게 특별히 할 말이 있는 것 같았다. 하지만 돈 호세가 의심을 품게 만들고 싶지는 않았다. 게다가 지금 처한 상황에서 최선의 방법은 최대의 신뢰를 주는 것이라고 생각했다. 그래서 안토니오에게 나는 말에 대해 아는 바가 전혀 없으니 그냥 자고 싶다고 말했다. 돈 호세가 그를 따라 마구간에 갔고, 금방 혼자서 돌아왔다. 그는 말은 아무 문제도 없으며, 그래도 안내인이 말을 하도 소중히 여겨서 말이 땀을 잘 흘릴 수 있도록 옷으로 문질러주고 있다고 했다. 그 정성스런 작업을 밤새도록 하려 한다고도 전했다. 나는 노새용 담요 위에 드러누웠다. 담요에 살이 닿지 않도록 외투로 조심스레 몸을 감쌌다. 돈 호세는 실례지만 옆에서 잠을 청하겠다고 양해를 구하면서 잊지 않고 총의 뇌관을 새것으로 장전했고, 베개 삼은 배낭 아래로 조심스레 총을 놓더니 문 앞에 누웠다. 잘 자라는 인사를 나눈 지 오 분도 되지 않아 둘 다 완전히 곯아떨어졌다.

꽤나 피곤해서 그런 잠자리에서라도 잠을 잘 수 있을 줄 알았다. 하지만 겨우 한 시간 만에 기분 나쁜 가려움으로 나는 잠에서 깨어났다. 가려움의 원인을 깨달은 즉시 자리에서 일어났다. 이 불

편한 집구석에 있느니 차라리 야외의 아름다운 별 아래에서 밤을
지내는 편이 낫겠다고 생각했다. 깊이 곯아떨어진 돈 호세의 몸을
넘어 발끝으로 살금살금 문 앞으로 갔다. 그를 깨우지 않고서 집 밖
으로 나갈 수 있었다. 문 옆에는 널찍한 나무의자가 있었다. 나는
그 위에 누워서 잠을 청해보려고 최대한 노력했다. 또다시 막 잠이
들던 찰나에, 소리를 내지 않고 조심스레 지나가는 사람과 말의 그
림자를 얼핏 본 것 같았다. 나는 일어나 앉았고, 안토니오인 것 같
았다. 이런 시간에 마구간 밖에서 안내인을 발견하여 놀란 나는 일
어나 그에게 다가갔다. 나를 알아본 안내인이 걸음을 멈추었다.

"그 녀석은 어디에 있나요?" 작은 소리로 안토니오가 내게 물
었다.

"집 안에 있네. 잠들었어. 그 사람은 빈대가 성가시지 않나 봐.
그런데 자네는 왜 말을 끌어낸 건가?"

그제야 나는 안토니오가 헛간을 나올 때, 소리가 나지 않도록
낡은 담요 조각으로 말발굽을 정성스레 싸매었음을 알아차렸다.

"맙소사, 작은 소리로 좀 말씀하세요. 그 녀석이 누군지 선생님
은 모르시지요. 바로 안달루시아에서 제일 유명한 산적 호세 나바
로예요. 하루 종일 제가 신호를 보내도 못 알아차리시더군요." 안
토니오가 내게 말했다.

"산적이건 아니건 그게 무슨 상관이야? 그 사람이 우리 물건을
훔친 것도 아니고, 훔칠 생각도 전혀 없어 보이던데."

"그야 그렇지요. 하지만 저 녀석을 신고하면 200 두카의 현상금

을 받을 수 있어요. 여기서 6킬로미터 정도만 가면 창기병 근무소가 있거든요. 날이 밝기 전에 건장하고 힘 좀 쓸 줄 아는 자를 몇 명 데리고 올게요. 그자의 말을 타고 가면 좋겠지만, 하도 사나워서 나바로밖에 다룰 수 없어요."

"그러다 천벌을 받겠네! 저 가여운 남자가 자네에게 무슨 나쁜 짓을 했다고 밀고하겠다는 거야? 게다가 저 사람이 자네가 말하는 산적이라고 확신할 수 있나?"

"물론 확신하지요. 조금 전에도 녀석이 마구간으로 저를 따라와서 '네놈은 내가 누군지 아는 것 같은데 만일 저 훌륭한 선생님에게 내가 누군지 알리면 머리통을 날려버릴 줄 알아'라고 말하더군요. 선생님은 그냥 여기 계세요. 녀석 곁에 그대로 계시면 걱정하실 일은 없어요. 선생님이 옆에 있는 한 녀석도 전혀 의심하지 않을 테니까요."

이렇게 말하다 보니 우리는 여관에서 꽤나 멀어졌고, 이제는 말발굽 소리가 여관에서 들릴 리 없었다. 안토니오는 순식간에 말발굽을 감쌌던 누더기 조각을 벗기더니 말에 오르려 했다. 나는 간청도 하고 협박도 하며 그를 막아보려 했다.

"선생님, 저는 가난한 놈입니다. 200두카를 날려버릴 수는 없지요. 게다가 이 마을에서 악당을 제거하는 일인걸요. 그래도 조심은 하세요. 나바로가 잠에서 깨면 총부터 잡을 테니 조심해야 해요. 전 이제 되돌리기에는 너무 늦었어요. 선생님도 만반의 준비를 하세요."

그 건달 같은 자는 막무가내로 안장에 올라탔다. 그리고 말에 박차를 가해서 금방 어둠 속으로 사라져 버렸다.

나는 안내인에게 몹시 화가 났고 꽤 걱정도 되었다. 잠시 생각을 정리하여 결심한 후 여관으로 돌아갔다. 돈 호세는 여전히 자고 있었는데, 아마도 연일 지속된 모험으로 밀린 잠과 쌓인 피로를 푸는 모양이었다. 그를 깨우기 위해 거칠게 흔들어야 했다. 그때 본 그 사나운 눈빛과 소총을 집어 들던 동작은 영원히 잊지 못할 것 같다. 만일의 사태에 대비해서 내가 그의 소총을 잠자리에서 조금 멀리 옮겨두었던 것이다.

"잠을 깨워 미안하지만 좀 어리석은 질문을 하나 할게요. 창기병 대여섯 명이 여기에 와도 괜찮나요?"

그는 벌떡 일어서면서 무서운 목소리로 물었다.

"누가 그래요?"

"누가 알려줬는지 뭐 중요한가요? 유용한 정보라면요."

"댁의 안내인이 절 배반했군요. 대가를 치르게 될 거예요. 그자는 지금 어디에 있죠?"

"몰라요…. 아마 마구간에요…. 다른 사람이 말했는데…."

"그럼 누가 말했죠? 노파일 리는 없는데…."

"아니요, 나도 모르는 사람이에요. 그게 문제가 아니라, 군인을 기다리면 안 될 이유가 있나요? 아니면 없나요? 곤란한 상황이면 서둘러 떠나요. 상관없으면 다시 자고요. 단잠을 깨워 미안해요."

"아! 안내인이군요. 안내인! 그자가 처음부터 수상했어요. 혼내

쥐야지…. 선생님, 그럼 안녕히 계세요. 하나님께서 제 빚을 갚아 주시길 바라요. 보기보다 제가 그렇게 나쁜 놈은 아니랍니다…. 아직도 제게는 신사 나리의 동정을 받을 만한 구석이 남아 있어요…. 선생님, 그럼 안녕히 계세요…. 선생님께 진 빚을 갚지 못하고 떠나는 게 단 하나 유감이네요."

"돈 호세, 그럼 내 호의에 대한 보답으로 한 가지 약속해 줄래요? 아무도 의심하지 않기로, 아무도 복수하지 않기로요. 자, 시가를 받아요. 가면서 피워요. 그럼 조심히 가요."

나는 그에게 악수를 청했다.

그는 아무 말 없이 내 손을 잡은 후 소총과 배낭을 집어들었다. 그러더니 노파에게 내가 알아들을 수 없는 은어로 몇 마디 말을 건네면서 서둘러 마구간으로 갔다. 잠시 후 그의 말이 들판을 질주하는 소리가 들려왔다.

나는 다시 의자에 누웠지만 도저히 잠이 오지 않았다. 이런 생각들이 계속 떠올랐다. '어쩌면 도둑일 수도 있고 심지어 살인자일 수도 있는 사람을 구해준 일이 옳은 일일까? 단지 햄과 발렌시아식 쌀밥을 같이 먹었다는 이유만으로? 법의 대의를 지키려는 내 안내인을 배반한 셈인가? 나로 인해 그를 악당에게 복수당할 위험에 노출시켰나? 하지만 환대의 의무라는 것도 있지 않은가!…' 그러다 이런 생각이 들었다. '그건 야만인의 편견일 뿐일까? 앞으로 그 산적이 저지르게 될 모든 범죄는 다 내 책임이다…. 하지만 이성적 판단에 저항하는 내 양심적 충동이 과연 편견일까? 지금 내

가 처한 이런 난처한 상황에서는, 어쩌면 후회 없이 난관을 벗어날 방법은 없지 않을까?'

내 행동의 도덕성에 대해 여전히 갈팡질팡하던 바로 그때 안토니오가 여섯 명가량의 창기병과 함께 나타났다. 그는 신중하게 뒤쪽 대열에 있었다. 나는 그들에게 나아가 그 산적이 두 시간도 더 전에 도망쳤다고 알려주었다. 기병 하사의 심문을 받은 노파는 자기도 나바로인 것을 알아차렸지만, 혼자 사는 처지라서 목숨을 걸고 신고할 수는 없었노라고 대답했다. 그러고는 그가 자기 집에 유숙할 때면 언제나 한밤중에 떠나곤 했다고 덧붙였다. 나로 말하자면, 거기서 몇 킬로 떨어진 곳까지 가서 여권을 당국에 제출하고 판사 앞에서 진술서에 서명해야 했다. 그러고 나서야 고고학 여행을 계속하도록 허락을 받았다. 안토니오는 자신의 200 두카가 나 때문에 날아갔다고 의심하여 앙심을 품었지만, 코르도바에서 헤어질 때는 좋은 벗으로 헤어질 수 있었다. 재정이 허락하는 한 최대의 사례를 그에게 했던 것이다.

2장

　나는 코르도바에서 며칠간 머물렀다. 성 도미니크회 수도원의 도서관에 소장된 필사본 중 고대 문다에 관한 흥미로운 정보가 있다는 소식을 듣게 된 것이다. 친절한 신부님들의 환대를 받은 나는 낮에는 수도원 안에서 머물다가 저녁이 되면 마을을 산책하곤 했다. 석양이 질 때면 코르도바의 과달키비르강 오른쪽 둑 위로는 한가한 사람들이 꽤나 많이 모여든다. 이 고장은 오래전부터 가죽 가공으로 명성이 자자했는데, 강둑에서는 무두질 공장에서 나는 고약한 냄새가 난다. 그 대신 보답으로 아주 볼 만한 광경을 즐길 수 있다. 저녁 종이 울리기 몇 분 전에 많은 여인들이 매우 높은 강둑 아래의 강가로 모여든다. 남자라면 아무도 그곳에 낄 수 없다. 저녁 종소리가 울려 퍼지면 밤이 된 것으로 여긴다. 마지막 종소리가 울리자마자 그곳의 여인들은 옷을 벗고 물속으로 뛰어든다. 그러면서 소리치고 웃고 한바탕 법석을 떤다. 둑 위에서 남자들은 눈을 크게 뜨고 목욕하는 여인들을 내려다보지만 그다지 보이는 것도 없다. 하지만 강의 검푸른 색 위로 그려지는 하얗고 어슴푸레한 형체들은 시적인 상상을 불러일으킨다. 그래서 조금만 상상력을 발휘하면 악타이온[14]의 운명을 두려워하지 않고서도, 사냥의 여신 디아나와 수하의 요정들의 목욕 장면을 어렵지 않게 떠올릴 수 있다. 예전에 몇 명의 건달들이 돈을 모아 성당의 종지기를 매수하여 제시간보다 20분이나 일찍 저녁 종을 치게 한 적이 있다고 들었다. 아직 날이 환했지만 과달키비르의 요정들은 태양보다 종소리를 더 믿었고, 그래서 주저하지 않았다고 한다. 안전한 줄 알고 늘 그렇듯 간단하게 목욕을 준비했던 것이다. 나는 당시 현장에 있지 않았다. 내가 코르도바에 머물 당시의 종지기는 청렴했고 황혼 무렵에도 날이 밝지 않아서, 고양이만이 코르도바에서 제일 예쁜 여공과 가장 늙은 오렌지 장수를 분간할 수 있었다.

어느 날 저녁 아무것도 보이지 않을 만큼 어두워진 무렵에 나는 둑의 난간에 기대어 담배를 피우고 있었다. 그때 한 여인이 강으로 내려가는 계단을 거슬러 올라와 내 곁에 앉았다. 저녁이면 취할 듯한 향기가 풍겨나오는 재스민 꽃다발을 그 여인은 머리에 꽂고 있었다. 그녀의 옷차림은 수수했고, 아니 차라리 초라했고, 대부분의 여공이 저녁이면 입는 온통 검은색인 옷을 입고 있었다. 양갓집 여

---

14) 악타이온: 그리스 신화 속 사냥꾼으로 사냥의 여신 디아나가 목욕하는 장면을 엿보았다가 저주로 인해 사슴으로 변하였고, 결국 자신의 사냥개에 물려 죽었다. 목욕하는 디아나를 주제로 한 유명한 그림인 〈목욕하는 디아나〉는 루브르에 소장된 부셰의 1742년 그림인데, 메리메도 당시에 이 그림을 알고 있었다.

인은 아침에만 검은색 옷을 입는다. 저녁이면 프랑스식 옷을 입기 때문이다. 목욕을 마친 그 여인은 내 곁으로 다가와 머리에 두르고 있던 만틸라[15] 숄을 어깨 위로 내려뜨렸다. '별에서 떨어지는 희미한 빛으로'[16] 나는 그 여인이 젊고 작은 키에, 몸매가 좋고 눈이 매우 크다는 걸 알 수 있었다. 나는 피우고 있던 시가를 즉시 버렸다. 매우 프랑스적인 이 예절을 알아차린 그 여자는 자기는 담배 냄새를 아주 좋아하며, 순한 담배가 있으면 피우기도 한다고 서둘러 말했다. 다행히 내 시가 케이스에는 순한 담배가 있어서 그녀에게 바로 권했다. 담배를 건네받은 여자는, 어떤 아이가 동전 한 푼 받으며 가져다준 불붙은 심지로 불을 붙였다. 서로의 담배 연기가 섞이는 가운데 우리, 그러니까 막 목욕을 마친 그 아름다운 여인과 나는 한참을 이야기했고, 강둑에는 거의 우리만 남게 되었다. 네베리아[17]에 가서 함께 아이스크림을 먹자고 제안해도 실례가 될 것 같지 않았다. 그 여인은 잠시 망설이더니 승낙했다. 그런데 결정을 하기 전에 몇 시인지 알고 싶다고 했다. 나는 시계를 울리게 했다. 그녀는 그 소리에 꽤나 놀란 것 같았다.

"다른 나라에는 엄청난 발명품이 있나 봐요. 선생님은 어느 나라 분이세요? 아마 영국 분인 것 같은데요?"[18]

---

15) 만틸라: 스페인의 여성들이 의례적으로 머리와 어깨를 덮는 데 쓰는 스카프 내지는 숄.

16) 코르네유의 비극 『르 시드』 중 4막 3장의 대사를 인용하여 말한 것.

17) 원주: 네베리아(neveria): 얼음 창고, 혹은 눈 저장고를 갖고 있는 카페를 말함. 스페인에서는 거의 모든 마을에 네베리아가 한 개는 있다.

18) 원주: 스페인에서는 옥양목이나 비단의 견본을 들고 다니지 않는 여행객은 모두 영국

"저는 프랑스 사람이며 당신의 종입니다. 그런데 아가씨는, 혹은 부인일 수도 있겠지만, 코르도바 출신인가 봐요."

"아니요."

"그럼 적어도 안달루시아 출신이지요? 당신의 매력적인 말투를 보니 그런 것 같아요."

"여러 고장의 말투를 그리 잘 구분할 줄 안다면, 제가 누군지도 알아맞혀야 해요."

"제 생각에는 천국과 가까운 예수님의 나라에서 온 것 같아요."

(안달루시아를 이렇게 천국에 비유하는 방법을 나는 유명한 투우사 친구 프란시스코 세비야에게서 배웠다.)

"말도 안 돼요, 천국이라니…. 이곳 사람들은 천국은 우리를 위해 만들어진 것이 아니라고 해요."

"그렇다면 당신은 무어인이군요, 아니면…." 이때 나는 유태인이라고 차마 말하지 못해서 잠시 말을 멈추었다.

"설마요, 선생님. 제가 집시[19]라는 걸 잘 아시잖아요. 점[20]을 쳐드릴까요? 카르멘시타에 대한 소문을 들어보셨나요? 바로 저랍니다."

인으로 여겨진다. 동방에서도 마찬가지이다. 칼키스(그리스의 도시로 메리메는 1841년에 그리스를 여행한 바 있다–역주)에서 나는 프랑스 출신 영국 귀족으로 소개된 적이 있었다.

19) 집시: 영국에서는 집시로, 프랑스에서는 보헤미안으로, 독일에서는 치고이너로, 이탈리아와 스페인에서는 히타노로, 동부유럽에서는 치간느로 불린다. 모두 집시를 의미하는 말이며, 이 책에서는 우리나라에서 가장 일반적 통용어인 집시로 번역하였다.

20) 원주: 바지(baji): 점(bonne aventure).

지금부터 15년 전인 그때 나는 완전 무신론자였고, 그래서 점술가랑 같이 있어도 두려워서 뒷걸음질 치지 않았다. '좋아. 지난주에는 노상강도와 함께 식사를 했으니, 오늘은 악마의 하인과 함께 아이스크림을 먹어 보자. 여행 중에는 모든 걸 다 경험해야지.' 속으로 이런 생각을 했다. 게다가 내게는 그녀를 가까이할 다른 이유도 있었다. 창피하지만 솔직히 고백하면, 중학교를 졸업하면서 나는 점성술을 연구하느라 허송세월을 한 적이 있는데, 심지어 어둠의 정령을 불러내려고 여러 번 시도도 했다. 그러한 연구에 대한 열정은 이미 오래전에 식어 버렸어도 각종 미신에 대한 호기심의 성향은 여전히 남아있어서, 집시들 사이에서 주술의 기술이 어느 정도 발전되어 있는지 알게 되는 것이 매우 기뻤다.

이야기를 하다 보니 우리는 네베리아에 도착했고, 유리구 속에 켜진 초가 불을 밝히고 있는 작은 테이블에 앉았다. 그제야 나는 나의 '히타나'(집시 여인)[21]를 관찰할 여유가 생겼다. 아이스크림을 먹고 있던 그곳의 몇몇 신사들은 너무나 아름다운 나의 동반자를 보고 놀라는 눈치였다.

나는 카르멘 양이 순수 집시 혈통이 아니라고 생각했는데, 그건 내가 만나본 어떤 집시보다도 훨씬 더 예뻤기 때문이다. 스페인 사람에 따르면, 한 여인이 아름다우려면 30개의 특성이 있어야 한다. 다시 말해 최소한 10개의 형용사를 몸의 세 부분에 적용시켜서 그

---

21) 히타나(gitana): 스페인의 집시라는 지방색을 표현하기 위해 메리메는 스페인에서 사용하는 단어인 히타나를 쓰고 있다.

여인을 정의할 수 있어야만 한다. 예를 들어 검은 것이 셋 있어야 하니, 눈과 속눈썹, 눈썹이 검은색이어야 하며, 가는 것이 셋 있어야 하니, 손가락과 입술, 머리카락이 가늘어야 한다. 나머지는 브랑톰[22]을 참조하길 바란다. 나의 집시 여인은 그만큼 완벽하지는 않았다. 피부는 매우 매끄러워도 구릿빛에 가까웠다. 눈은 치켜 올라갔지만, 매력적으로 찢겨 있었다. 입술은 도톰하지만 윤곽이 예뻤고, 껍질 벗긴 아몬드보다 더 하얀 이를 드러내고 있었다. 머리카락은 다소 굵었지만 검은색이었고, 까마귀의 날개처럼 푸른빛을 띠며 길고 윤이 났다. 지나치게 장황한 묘사로 여러분을 지치게 하지 않기 위해 요약하자면, 그 여자에게는 결점이 하나 있을 때마다 장점도 결합되어 있었는데, 대조되면서 그 장점이 더 두드러져 보였다. 그녀의 아름다움은 낯설면서도 야성적이었고, 처음 보면 놀라게 되지만 결코 잊을 수 없는 인상이었다. 특히 그 눈은 육감적이면서도 사나워 보였는데, 그 이후 나는 어떤 사람에게서도 그런 눈을 본 적이 없다. 집시의 눈은 늑대의 눈이라는 스페인 속담이 있는데, 이건 예리한 관찰이다. 늑대의 눈을 관찰하기 위해 식물원[23]에

---

22) 브랑톰(Brantôme(1538~1614))의 『숙녀들의 생활(Vies de Dames galantes)』 2권을 보면, 하얀 것, 검은 것, 붉은 것, 긴 것, 짧은 것, 넓은 것, 좁은 것, 굵은 것, 가녀린 것, 작은 것이 각각 세 개씩 있어야, 즉 30개의 특징이 있어야 미인이라고 한다. 예를 들어 "하얀 것이 셋 있어야 하니 피부, 이빨, 손이고, 붉은 것이 셋 있어야 하니 입술, 뺨, 손톱"이라는 것이다. 메리메는 브랑톰의 미인의 조건이 너무 외설적이라고 생각하여 일부만을 인용하였다. 브랑톰의 미인의 조건을 따르면 피부는 하얗고, 입술은 가느다랗고, 머리카락은 가늘어야만 미인이지만, 카르멘은 이에 부합하지 않으면서도 매력적이라고 메리메는 기술하고 있다.

23) 식물원(Jardin des Plantes): 젊은 시절 메리메는 파리 식물원을 자주 방문했는데, 식물

갈 시간이 없다면, 참새를 노리고 있는 당신의 고양이의 눈을 생각해 보라.

카페에서 점을 쳐달라고 하는 건 조금 우스꽝스러울 것 같았다. 그래서 그 점술가에게 나를 자기 집으로 데려가 달라고 부탁했다. 그러자 그 여자는 별로 주저하지 않고 승낙했는데, 대신 몇 시인지 알고 싶으니 시계의 종을 다시 울려 보라고 했다.

"이건 진짜 금이죠?" 엄청난 관심을 보이며 그녀가 내게 물었다.

우리가 다시 걷기 시작했을 때는 꽤나 밤이 깊었다. 대부분의 가게가 문을 닫았고 거리는 매우 한산했다. 우리는 과달키비르강의 다리를 지나서 마을 끝자락에 위치한 어느 집 앞에 멈춰 섰다. 궁전과는 거리가 먼 초라한 집이었다. 한 아이가 문을 열어 주었다. 집시 여인은 아이에게 내가 모르는 언어로 몇 마디 말했다. 나중에 알게 되었지만 집시의 고유어인 로마니어 혹은 치페 칼리어로 말한 것 같다. 아이는 금방 나갔고, 작은 테이블과 의자 두 개, 상자 한 개가 놓여 있는 꽤 넓은 방에 우리만 남았다. 물 항아리, 오렌지 한 더미, 양파 한 다발이 거기 있었다는 것도 빼먹지 말아야겠다.

단둘이 남게 되자 곧 그 집시는 오래 사용한 것 같은 점괘카드, 자석, 말린 카멜레온 사체, 그리고 점술에 필요한 몇 개의 물건을 상자에서 꺼냈다. 그러더니 동전으로 내 왼 손바닥에 십자가를 그리라고 말했다. 이와 함께 마법 의식이 시작되었다. 어떤 예언을

원 안에 동물원도 함께 있었다.

했는지 여러분에게 알릴 필요는 없겠지만, 점치는 솜씨로 보아 그녀는 확실히 풋내기 점쟁이는 아니었다.

불행하게도 금방 방해꾼이 나타났다. 갑자기 요란스레 방문이 열리면서 갈색 망토를 눈까지 뒤덮은 한 남자가 방에 들어와 여인에게 거칠게 호통을 쳤다. 그의 말을 알아들을 수는 없었지만, 목소리의 어조로 보아 매우 화가 난 듯했다. 그 남자를 보고도 이 '히타나'(집시 여인)는 놀라는 기색도 없었고 화가 난 것 같지도 않았다. 대신 그에게 달려가 거침없이 빠르게 말했는데, 아까 들었던 그 알 수 없는 언어로 무어라 지껄여댔다. '페이요'라는 단어가 여러 번 나왔는데, 그것만 알아들을 수 있었다. 집시들이 자기 종족이 아닌 남자를 이렇게 부른다는 것을 알고 있었던 것이다. 그래서 나에 대해 말하고 있다고 짐작했고, 난처한 설명을 해야 할 것 같았다. 나는 이미 의자 다리를 손으로 잡아서 어느 시점에 불청객의 머리로 던지면 좋을지 은밀히 따져보고 있었다. 사내는 집시 여인을 거칠게 밀치면서 내게로 다가왔다. 그러더니 한 걸음 물러서며 말했다.

"어이쿠! 선생님, 선생님이셨군요."

이번에는 내가 그 남자를 쳐다봤는데, 나의 친구 돈 호세임을 알아보았다. 그 순간에는 그를 교수대에 끌려가게 내버려두지 않은 걸 나는 조금 후회했다.

"아! 당신이군요, 친구! 아가씨가 내게 아주 흥미로운 미래를 알려주던 참에 당신이 방해를 했어요." 최대한 쓴웃음을 짓지 않으며 말했다.

"언제나 똑같아! 이제는 끝장을 내야겠어." 그는 사나운 눈초리로 여자를 쏘아보며 입속말로 중얼거렸다.

하지만 그 집시 여인은 자기들 언어로 계속 그에게 말했다. 그 여자는 점점 흥분했다. 눈에는 핏발이 서며 무섭게 변해갔고, 얼굴에는 경련이 일었고, 발을 굴렸다. 여자가 남자에게 무언가를 하라고 강하게 요구하는데 남자가 주저하는 것 같았다. 그 요구사항이 무엇인지는, 여자의 작은 손이 자신의 턱 아래를 몇 번이나 재빨리 그어대는 것을 보아 쉽게 짐작할 만했다. 누군가의 목을 치라는 것으로 보였는데 어쩌면 그 목이 내 목일 수도 있겠다는 의심도 들었다.

이 모든 장황한 요구에 돈 호세는 짧게 두세 마디로 대꾸했다. 그러자 집시 여인은 깊은 경멸의 눈빛을 그에게 보냈다. 그러고는 방구석에 책상다리를 하고 앉아서 오렌지 하나를 집어 들더니 까먹기 시작했다.

돈 호세는 내 팔을 잡아 문을 열고 나를 길거리로 데리고 나갔다. 우리는 200 걸음 정도를 깊은 침묵 속에서 걸었다. 이윽고 그는 손을 내밀며 말했다.

"계속 똑바로 가세요. 그러면 다리가 보일 겁니다."

그는 뒤돌아섰고 아주 빨리 멀어졌다. 나는 당혹스럽고 기분도 언짢아져서 숙소로 돌아왔다. 설상가상 옷을 벗으면서 시계가 없어진 것을 알게 되었다.

여러 가지로 생각해본 결과, 그 다음 날 시계를 돌려 달라고 찾아간다거나 혹은 시장님께 시계를 찾아달라고 탄원하지는 않기로 마음먹었다. 성 도미니크회 수도원에 소장된 필사본에 대한 연구가 마무리되어 나는 세비야로 떠났다. 몇 달이나 안달루시아 지방을 돌아다닌 나는 이제는 마드리드로 돌아가고 싶었다. 돌아가는 길에 코르도바를 다시 지나야 했다. 이번에는 오래 머무르지 않기로 했다. 왜냐하면 이 아름다운 고장과 과달키비르의 목욕하는 여인들에 대해 이제는 반감이 생겼기 때문이었다. 하지만 만나봐야 할 벗들도 있고 해야 할 용무도 있어서, 사나흘간은 이 이슬람 왕족의 옛 도읍지에 머물러야 했다.

내가 성 도미니크회 수도원에 들어서자마자, 문다의 위치를 다룬 내 연구에 항상 지대한 관심을 보였던 수도사 한 분이 두 팔 벌려 나를 환영하며 외쳤다.

"하나님 감사합니다! 소중한 형제님, 진심으로 환영해요. 우리모두 당신이 죽은 줄 알았어요. 당신의 영혼이 구원받도록, 당신과지금 이렇게 말하고 있는 제가 하나님과 성모님께 얼마나 여러 번기도드렸는지 몰라요. 그렇다고 후회한다는 뜻은 아닙니다. 그러니까 당신은 살해되지 않았군요. 우리는 당신이 도둑맞은 줄 알았거든요."

"어떻게요?" 나는 조금 놀라서 물었다.

"네, 저희가 미사드리러 갈 시간이라고 알려주면 선생님께서 서고에서 종소리를 울리게 했던 그 시계를 찾았거든요. 곧 돌려받을수 있을 거예요."

조금 당황한 내가 그의 말을 끊으며 말했다.

"그러니까, 그 시계는 제가 잃어버린 건데요⋯."

"그 악당은 감옥에 있어요. 그 사람은 한 푼이라도 벌 수 있으면 기독교도에게 총을 쏠 수 있는 사람이란 걸 알기에, 그가 당신을 죽인 줄 알고 우리는 정말 많이 걱정했어요. 저와 함께 시장님께 가서 당신의 멋진 시계를 돌려받도록 해요. 그리고 시장님께 스페인에는 정의가 살아있지 않다고 증언하면 돼요."

그의 말에 나는 대답했다.

"솔직히 말씀드려서, 그 가여운 악당을 목매달게 하기 위해 법정에서 증언하느니 차라리 시계를 잃어버리는 것이 더 나아요. 그건 왜냐하면⋯ 그러니까⋯."

"아이고, 걱정하실 필요 없어요. 이미 증인들이 있거든요. 그 사람을 두 번 목매달 수야 없으니까요. 목매단다는 표현은 맞지 않겠네요. 당신의 도둑은 귀족이라서, 모레가 되면 사면도 없이 철제 교수형[24]에 처해질 테니까요. 아시다시피 도둑질을 한 번 더 했는지 안 했는지로 아무것도 바꿀 수 없어요. 도둑질만 했다면 다행이겠지만, 그자는 살인도 여러 번 저질렀답니다. 그것도 매번 아주

---

24) 원주: 1830년에 귀족은 아직도 이 특권을 향유하고 있었다. 오늘날 입헌제도하에서는 평민도 이러한 '철제 교수형(garrotté)'의 권리를 획득했다.
  역주: 철제 교수형(garrotté): 1830년 당시 스페인에서 귀족은 교수대에 목매달려 사형당하는 일반 평민과는 구분되게, 가로(garrot)라는 이름의 '기둥에 달린 쇠고리에 목을 끼워 넣고 나사로 졸라 죽이는 철제 교수형'에 처해졌다. 이러한 철제 교수형의 방식은 당시에는 귀족을 위한 일종의 특권이었고, 이후 평민도 똑같이 가로에 의한 교수형에 처해지게 된다.

끔찍하게요."

"그 사람의 이름이 뭔가요?"

"이 지방에서는 호세 나바로라고 불러요. 하지만 그는 바스크 이름도 있는데, 선생님이나 저는 제대로 발음하기 힘들어요. 자, 한번 만나볼 만한 사람이랍니다. 선생님은 이 나라의 진귀한 일에 관심이 많으니, 스페인에서 악당이 어떻게 세상과 하직하는지 알게 될 기회를 놓치지 마세요. 그 사람은 예배당에 있습니다. 마르티네스 신부님이 당신을 거기로 안내해 줄 거예요."

'매우 흥미로운 교수형'[25]의 준비를 내가 꼭 봐야만 한다고 성 도미니크회 수도사가 하도 우기는 바람에 나는 거절할 수 없었다. 결국 시가 한 갑을 챙겨서 죄수를 만나러 갔다. 나의 무례한 방문에 대해 그 시가가 핑계가 되길 바라는 마음이었다.

돈 호세에게 안내되었을 때 그는 마침 식사 중이었다. 그는 내게 매우 차갑게 고개 숙여 인사했고, 내가 준 선물에 대해서 정중히 감사했다. 그는 자기 손에 건넨 담뱃갑 안에서 시가의 개수를 세어 몇 개비만 꺼낸 후, 더 이상은 필요가 없다면서 나머지를 내게 돌려주었다.

나는 혹시 돈을 쓰든지 아니면 내 지인의 힘을 빌려서 그의 형벌을 조금 경감시킬 수 있을지 물었다. 그러자 그는 처음에는 슬픈 미소를 띠며 그저 어깨만 으쓱했다. 그러다 생각을 바꾸어 자신의 영혼을 위해 미사를 올려달라고 부탁했다. 그리고 수줍게 덧붙였다.

---

25) 몰리에르의 『푸르소냑 씨』 3막 3장의 대사를 인용한 것임.

"선생님께 무례를 범한 또 다른 사람을 위해서도 미사를 올려줄 수 있나요?"

"물론이죠. 친구! 게다가 이 나라에서 내게 무례를 범한 사람은 한 사람도 없어요." 나는 이렇게 대답했다.

그는 내 손을 잡았는데, 진지하게 꼭 쥐었다. 잠시 아무 말도 하지 않던 그가 다시 입을 열었다.

"죄송한데 한 가지 더 부탁드려도 될까요? 고국으로 돌아가실 때 아마도 나바르를 지나실 겁니다. 적어도 거기서 멀지 않은 비토리아는 반드시 통과해야 해요."

"그래요, 비토리아는 확실히 통과해야 해요. 게다가 팜플로나에 가기 위해서 돌아가도 돼요. 당신을 위해서라면 기꺼이 돌아갈게요."

"그럼 팜플로나에 가면 여러 가지 흥미로운 걸 볼 수 있을 거예요…. 그곳은 아름다운 마을이지요…. 선생님께 이 메달을 드릴게요(그는 자기 목에 걸려있던 작은 은메달을 내게 보여주었다). 이 메달을 종이로 싸주세요…. 그는 복받치는 감정을 억누르기 위해 잠시 말을 멈추었다. 제가 주소를 드릴 테니 한 노파에게 이걸 직접 전하든지 누굴 통해 전하든지 해주세요…. 제가 죽었다는 사실은 알리되, 어떻게 죽었는지는 말하지 말아주세요."

나는 심부름을 잘하겠노라고 약속했다. 그 다음 날도 그를 찾아갔고, 한동안 그와 함께 있었다. 지금부터 여러분이 읽게 될 슬픈 이야기는 그 사람의 입을 통해 들은 이야기이다.

3장

저는 바스탄 골짜기에 있는 엘리손도에서 태어났답니다. 제 이름은 돈 호세 리사라벤고아입니다. 선생님께서는 스페인을 꽤나 잘 아시니까 제 이름을 보고 제가 바스크 사람이고 대대로 기독교 인이라는 것을 알아차렸겠지요. 제 이름에 '돈'[26]이 붙는 것은 그럴 권리가 있기 때문입니다. 엘리손도에서라면 양피지에 쓰인 제 족보를 선생님께 보여드릴 수 있을 텐데요. 집에서는 저를 성직자로 만들고 싶어 했어요. 그래서 공부를 시켰지만 영 잘하질 못했지요. 저는 펠로타[27] 경기하기를 너무 좋아했고, 결과적으로 제 신세를 망쳤어요. 우리 나바르 사람은 펠로타 경기를 할 때면 다른 생각은 전혀 하지 않죠. 하루는 경기에서 이겼는데 알라바 태생 상대가 싸

---

26) 돈(don): 스페인에서 귀족의 이름 앞에 붙는 호칭.
27) 펠로타: 벽을 향해 공을 튀겨 상대방을 공격하는 스포츠로, 스쿼시와 비슷한 경기이다. 프랑스와 인접한 스페인의 바스크 지방에서 유래한 전통 스포츠이다.

움을 걸어왔어요. 그래서 우리는 '마킬라'[28] 곤봉을 들고 싸웠고 그 때도 제가 이겼답니다. 하지만 그 일로 저는 고향을 떠나야 했지요. 저는 용기병들을 만나게 되어 곧 알만사 기병연대에 입대했습니다. 저처럼 산악지방 출신은 군대 일을 빨리 터득해요. 저는 곧 하사가 되었고 중사로 승진시켜준다는 약속도 받았습니다. 그러던 중 세비야의 담배 공장에서 보초를 서게 되었는데, 그게 제게 불행을 가져왔습니다. 선생님께서 세비야에 가본 적이 있다면 과달키비르강 근처의 성벽 밖에 있는 커다란 공장 건물을 보셨을 겁니다. 공장의 문과 근처 경비대의 모습이 지금도 제 눈앞에 생생하군요. 스페인 군인들은 당직을 설 때 카드게임을 하거나 졸기도 했습니다. 하지만 정직한 나바르 사람인 저는 언제나 최선을 다하려고 노력했지요. 그때도 저는 화문침(에팽글레트)[29]을 매달 수 있도록 놋쇠철사로 사슬을 만들고 있었어요. 갑자기 동료들이 이렇게 말하더군요. "종이 울린다. 아가씨들이 곧 일하러 돌아올 거야." 선생님도 아시는지 모르겠지만, 그 공장에서는 사오백 명의 여공이 일을 하거든요. 커다란 방에서 담배 마는 일을 하는데, 행정관[30]의 허가가 없으면 남자는 그 방에 들어갈 수 없답니다. 날씨가 더우면, 특히 젊은 아가씨들이 편한 차림으로 있으니까요. 점심을 먹고 여공들이 공장으로 되돌아갈 때면 그들이 지나가는 것을 보려고 많

28) 원주: 마킬라(maquilas): 바스크 사람들이 사용하는 철제 곤봉.

29) 화문침(에팽글레트: épinglette): 옛날 총포의 화구를 뚫던 긴 바늘.

30) 원주: 행정관(Vingt-quatre): 도시에서 경찰과 행정 사무를 담당하는 행정관.

은 남자들이 모여들어 아가씨들에게 온갖 말을 다 시킨답니다. 비단 만틸라 숄을 사준다는데 싫다 하는 아가씨는 거의 없으니 그곳에서 남자들은 몸을 숙이기만 해도 고기가 잡히는 낚시를 하는 셈이지요. 다른 남자들이 모두 아가씨들을 바라보고 있을 때, 저는 공장 문 곁의 보초 의자에 앉아 있었습니다. 그때 저는 아직 어렸어요. 저는 언제나 고향을 그리워했고, 머리를 땋아 어깨 위로 내리고 푸른색 치마를 입은 여자가 아니라면[31] 예쁠 수 없다고 생각했어요. 게다가 안달루시아 여자들이 좀 무섭기도 했습니다. 항상 놀리기를 좋아하고 진심 어린 말은 한마디도 하지 않는 그들의 태도에 적응이 잘 안 되었거든요. 그래서 만들던 사슬만 집중해서 보고 있는데 마을 사람들이 소리쳤습니다. "그 집시 아가씨야!" 그제야 저도 눈을 들어 그 여인을 쳐다보았습니다. 그날은 금요일이었는데, 저는 그날을 결코 잊을 수 없답니다. 선생님도 아시는 그 카르멘을 제가 보게 된 거지요. 몇 달 전 그 여자의 집에서 선생님을 뵌 적도 있지요.

그 여자는 빨간 치마를 입고 있었는데 길이가 짧아서 구멍 난 하얀 비단 양말이 드러나 보였고, 귀여운 붉은색 가죽 신발에는 불타는 듯한 붉은 리본이 달려 있었습니다. 어깨가 드러나도록 만틸라 숄을 풀어헤치자 풍성한 아카시아 꽃다발이 그녀의 속옷 위로

---

31) 원주: 나바르 및 바스크 지방의 농촌 아가씨들의 복장.
역주: 오페라에서 미카엘라는 돈 호세의 약혼녀로 등장하는데, 미카엘라는 메리메의 소설에는 없는 인물이다. 이 부분의 내용을 바탕으로 하여 오페라 속 미카엘라의 이미지가 만들어졌으니, 푸른색 치마에 머리를 땋은 나바르 아가씨로 등장하게 된다.

모습을 드러냈습니다. 그 여자는 아카시아 꽃 한 송이를 입에 물고서 코르도바 종마 사육장의 암망아지처럼 엉덩이를 흔들어대며 앞으로 나아갔습니다. 제 고향에서는 그렇게 옷을 입고 있는 여자를 보면 누구라도 성호를 그었을 겁니다. 하지만 세비야에서는 모두들 그녀의 차림새를 칭찬하며 추파를 던졌고, 진짜 집시 여인답게 그 여자는 부끄러워하기는커녕 허리에 손을 얹고 곁눈질을 해가며 일일이 대꾸를 했습니다. 저는 처음에는 그 여자가 마음에 들지 않았고 하던 일을 계속 했어요. 하지만 여자와 고양이는 자기를 부르면 오지 않고, 부르지 않으면 오는 법이잖아요.[32] 그 여자 역시 제 앞에 멈춰 서더니 말을 걸어왔습니다.

"아저씨, 금고 열쇠를 매달게 그 사슬을 내게 줄래요?" 그녀는 안달루시아식으로 말했습니다.

"이건 화문침(에팽글레트)을 매달기 위한 건데요?"

"당신의 바늘(에팽글레트)[33]이라니요! 이 신사분은 바늘이 필요한 걸 보니까 레이스라도 뜨나 봐!"

거기에 있던 모든 사람이 웃기 시작했어요. 저는 얼굴이 빨개지는 걸 느꼈지만 뭐라 대꾸해야 할지 몰랐습니다.

"자, 자기야! 만틸라 숄을 만들게 8 미터[34] 길이의 검은 레이스

---

32) 오페라에서 가장 유명한 아리아인 〈하바네라〉는 이 내용을 바탕으로 하여 가사가 쓰인 것이다.

33) 에팽글레트(épinglette): 여기서 돈 호세는 총포의 화구를 뚫는 데 사용하는 바늘을 말하고 있지만, 카르멘은 바느질에 필요한 바늘을 빗대어 돈 호세를 놀리고 있다. 에팽글레트라는 단어가 '화문침'의 의미로도 '바늘'의 의미로도 사용될 수 있기 때문이다.

34) 프랑스어로는 온(aune)이라고 적혀있는데, 온은 약 1.188 m로 1840년에 폐지된 길이 단

를 떠줘요, 사랑스런 바늘 나으리!"

그러더니 그녀는 입에 물고 있던 아카시아 꽃을 엄지 손가락으로 튕겨 정확히 제 두 눈 사이 미간을 맞췄습니다. 선생님, 순간 저는 마치 총알이라도 맞은 느낌이었습니다…. 어디로 숨어야 할지도 모르겠고 나무토막처럼 자리에서 꼼짝도 할 수 없었습니다. 그여자가 공장 안으로 들어가 버리자 제 발 사이에 떨어져있던 아카시아 꽃이 눈에 들어왔습니다. 왜 그랬는지 알 수는 없지만, 동료들이 눈치채지 못하게 그 꽃을 주워 옷옷 속에 소중히 숨겼습니다. 그것이 어리석은 짓의 첫걸음이었지요!

두세 시간이 흐르도록 저는 그 일만 생각하고 있었는데, 얼굴이 새파랗게 질린 문지기가 숨을 헐떡거리며 경비대로 뛰어 들어왔습니다. 담배 공장 큰 방에서 여공 하나가 죽게 생겼으니 보초병을 보내달라는 것이었습니다. 중사가 제게 두 명을 데리고 가보라고 했지요. 저는 부하 두 명과 함께 현장으로 갔습니다. 선생님 한번 상상해 보세요. 처음 방에 들어서자 거의 속옷 차림을 한 삼백여 명의 여자가 눈에 들어왔습니다. 그들 모두 소리치고, 울부짖고, 손짓하고, 아무 소리도 안 들리게 시끄럽고 야단법석이었습니다. 방 한편에는 피투성이가 된 여자 하나가 뒤로 발라당 나자빠져 있었고, 그 여자의 얼굴에는 누군가 방금 칼로 두 번 그어 놓은 X자 표시가 있었습니다. 그나마 선량한 여자들이 부상자를 돌보고 있었는데, 부상자 맞은편으로는 카르멘이 대여섯 명의 동료에게

위이다. 독자들에게 친숙한 미터 단위로 환산하여 번역하였다.

붙잡혀 있는 것이 보였습니다. 부상당한 여자가 소리쳤습니다. "고해성사를 하고 싶어요. 고해성사요. 저는 이제 죽어요." 카르멘은 아무 말 없이 이를 꽉 다물고 카멜레온처럼 눈을 굴리고 있었습니다. "도대체 무슨 일이야?" 제가 물었지요. 그곳의 여공들이 모두 동시에 말을 하기 시작해서, 무슨 일이 벌어졌는지 파악하는 데 꽤나 애를 먹었습니다. 아마도 다친 여자가, 자기는 트리아나 시장에 가서 당나귀 한 마리를 당장 살 수 있을 정도로 돈이 많다고 자랑을 했던 모양입니다. 이 말에 할 말은 하는 카르멘이 "그러니까 넌 빗자루 한 개로는[35] 충분하지 않니?"라고 말했다네요. 찔리는 데가 있었던 상대는 그 비난에 상처를 받아서, 자기는 집시가 되는 영광을 누리지도 못했고 사탄의 딸도 아니라서 빗자루 타는 방법은 알지도 못한다고 대답했답니다. 반면에 카르멘시타 양은 시장님이 파리를 쫓는 하인 두 명을 뒤에 세워서 그녀를 산책길로 끌고 갈 때, 자기가 탄 당나귀와 아주 친해질 여자라고도 했답니다. 그러자 카르멘이 이렇게 대꾸했다지요. "그러면 네 뺨에 파리가 물 마실 곳을 만들어줄게. 이왕이면 돛단배를 그려주마.[36]"

"자, 여기에 휙, 휙!" 카르멘은 시가 끝을 자르던 칼로 상대의

---

35) 당나귀, 빗자루: 당나귀라는 말에 대해 카르멘이 빗자루로 답한 것은 마녀가 타고 다니는 빗자루를 빗대어 한 말이다. 왜냐하면 스페인에서 마녀에게 태형을 가할 때면 마녀를 당나귀에 태워 마을을 지나가게 했기 때문이다. 이미 당나귀라는 단어가 그런 비유를 연상시켰기에 카르멘이 이같이 말한 것이다.

36) 원주: pintar un javeque, 즉 돛단배를 그린다는 뜻으로 스페인의 돛단배에는 뱃전에 대개 붉은색과 흰색의 바둑판무늬가 그려져 있다.

얼굴에 성 안드레아 십자가[37]를 그려버렸답니다.

상황은 명백했습니다. 저는 카르멘의 팔을 잡고 정중하게 말했습니다. "아가씨, 같이 가주셔야겠습니다." 그 여자는 저를 알아보았다는 의미의 눈빛을 보내더니 체념한 듯 대답했습니다. "같이 가요. 그런데 내 만틸라 숄은 어디에 있지?" 머리부터 숄을 써서 커다란 눈 한쪽만 보이게 하더니, 그 여자는 양처럼 순순히 저의 두 동료를 따라갔습니다. 경비대에 도착했더니 중사가 이건 심각한 사건이라 그녀를 감옥으로 호송해야 한다고 말했습니다. 호송하는 것 또한 제 임무였습니다. 두 명의 용기병 사이에 그 여자를 세우고, 그런 경우 하사가 하는 대로 저는 뒤에서 따라갔습니다. 우리는 이렇게 시내를 향해 길을 나섰습니다. 그 집시는 처음에는 아무 말도 하지 않았지요. 그런데 세르팡[38] 거리에 이르자 ― 선생님도 아시다시피, 세르팡 거리는 이름에 걸맞게 길이 구불구불하지요 ― 그녀는 우선 교태스러운 얼굴이 보이게 만틸라 숄을 어깨로 내려뜨리더니, 최대한 몸을 돌려 말을 걸었어요.

"장교님, 나를 어디로 데려가세요?"

"불쌍한 아가씨, 감옥으로요." 저는 최대한 부드럽게 알려줬습니다. 선량한 군인이라면 죄수에게, 그것도 여자 죄수에게는 그렇게 말해야 한다고 생각했거든요.

"아이고, 그럼 나는 어떻게 되나요? 장교 나리, 나를 불쌍히 여

---

37) 성 안드레아 십자가는 X자 모양을 의미한다.
38) 세르팡: 뱀이라는 뜻.

겨줘요. 당신은 아주 젊고 친절하고…." 이렇게 말하면서 더 낮은 소리로 덧붙였습니다. "나를 도망가게 해줘요. 그러면 내가 '바르 라치'[39] 한 조각을 드릴게요. 그 돌만 있으면 모든 여자의 사랑을 받게 될 거예요."

선생님, 그 '바르 라치'라는 것은 일종의 자석인데, 집시들은 그 마법의 돌을 잘 다룰 줄 알면 수많은 마법을 할 수 있다고 생각해요. 백포도주에 그 돌가루 소량을 넣어 여자에게 마시게 하면 여자가 그때부터는 저항하지 못한다나요. 저는 최대한 진지하게 그녀에게 대답했습니다.

"지금 허튼소리나 하려고 여기 있는 것이 아니요. 당신은 감옥에 가야 하고, 그것이 명령입니다. 다른 방책은 없어요."

우리 바스크 지방 사람에게는 독특한 억양이 있어서 스페인 사람이 쉽게 알아볼 수 있답니다. 반면에 스페인 사람 중에서 적어도 "바이, 하오나(네, 선생님)"[40]라는 말을 정확히 발음할 수 있는 사람은 단 한 명도 없어요. 그러니 카르멘은 제가 바스크 지방 사람이라는 것을 쉽게 알아봤지요. 선생님도 아시다시피 집시들은 고국이 없이 늘 떠돌아다니기 때문에 여러 언어를 다 말할 줄 알잖아요. 포르투갈, 프랑스, 바스크 지방, 카탈루냐 등 어디에 가더라도 그들은 그 모든 곳이 다 제 집 같지요. 심지어 무어인이나 영국인

---

39) 바르 라치(bar lachi): 마법의 돌. 사랑의 연금술의 돌. 메리메는 실제로 주술을 믿었는데, 심지어 1833년에는 그 때문에 매우 앓은 적도 있었다. 왜냐하면 세 명의 주술사가 그에게 생일 전에 죽을 것이라고 예언했기 때문이었다.

40) 원주: baï, jaona: 네, 선생님.

과도 말이 통해요. 카르멘은 바스크어를 할 줄 알았어요.

"라구나, 에네 비오차레나?[41] 소중한 친구, 우리 고향 분이시군요?"라고 그녀가 갑자기 말하는 겁니다.

선생님, 저희 고향 말은 하도 아름다워서, 타지에서 고향의 말을 듣게 되면 무척이나 설레게 되지요….

그러더니 돈 호세는 내게 작은 소리로 덧붙여 말했다.

"저희 고향 출신의 고해사제가 올 수 있으면 좋겠네요." 그는 잠시 동안 아무 말 않더니 다시 이야기를 이어갔다.

"난 엘리손도 사람이요." 우리 고향 말을 들은 것에 신이 나서 저도 바스크어로 대답했지요.

"나는 에찰라르 사람이에요." (이곳은 저희 고향에서 4시간 거리에 있습니다.) "집시들이 나를 세비야로 데리고 온 거예요. 나는 나바르로 돌아가기 위한 여비를 벌려고 담배 공장에서 일했던 겁니다. 가여운 우리 어머니 곁으로 돌아가려고요. 어머니가 기댈 데라곤 나와, 사과주를 만들 사과나무 스무 그루가 심어진 작은 '바라체아'(정원)[42]밖에 없어요. 아! 내가 지금 눈 덮인 산 앞 우리 고향에 있다면 얼마나 좋을까! 사기꾼에다 썩은 오렌지나 파는 이 고장 사람이 아니기 때문에 나는 모욕당한 거예요. 그 계집들이 모두 한패가 되어 나를 몰아세웠어요. 세비야의 허풍선이[43] 여러 명

---

41) Laguna, ene bihotsarena?

42) 원주: 바라체아(barratcea): 작은 소유지, 정원.
   역주: 메리메는 지방색이 드러나도록 일부러 '바라체아'라는 스페인어를 사용하고 있다.

43) 원주: 허풍선이(jacques): 용감한 척하는 사람들, 허풍쟁이들.

이 칼을 들고 덤벼 봤자, 마킬라 곤봉을 들고 푸른 베레모를 쓴 우리 고장 청년 하나를 못 당할 거라고 했거든요. 동향 오라버니, 같은 고향 식구끼리 좀 봐주지 그래요?"

선생님, 그 여자는 거짓말을 했던 겁니다. 그 후로도 언제나 거짓말만 했어요. 그 여자가 평생 단 한 번만이라도 진실을 말한 적이 있는지조차 모르겠네요. 하지만 그녀가 말했을 때, 저는 그 여자를 믿었습니다. 제가 어쩔 수 없는 일이었지요. 그 여자가 하는 바스크어의 발음이 이상했는데도, 저는 나바르 여자라고 믿었어요. 눈만 보아도 알 수 있고, 입술도 피부 빛도 모두 그녀가 집시라는 걸 알려주었는데도 말이죠. 정신이 나갔었나 봐요. 저는 이후 어느 것에도 주의를 기울이지 않았습니다. 스페인 사람들이 우리 고향을 욕했다면, 저 역시 그 여자가 자기 동료에게 했던 것처럼 칼로 얼굴을 그어 버렸을 거라는 생각이 들었어요. 그러니까 저는 꼭 술 취한 사람 같았습니다. 그래서 그 여자한테 바보같이 말하기 시작했고, 바보짓을 할 심산이었습니다.

"고향 오라버니, 내가 당신을 떠밀 테니까, 넘어져 줘요, 이 두 명의 카스티야 신병 따위는 절 잡지 못해요." 다시 바스크어로 그녀가 제게 말했습니다.

맙소사, 저는 명령이고 뭐고 다 잊어버리고 말았고 그래서 이렇게 대답했습니다.

"그럼 좋아요, 고향 아가씨, 한번 그렇게 해봐요. 고향산의 성모님의 가호가 있길 빌어요." 마침 그때 우리는 세비야에 흔히 있는 그런 좁은 골목길을 지나고 있었습니다. 갑자기 카르멘이 뒤돌아 서더니 제 가슴에 주먹을 날렸습니다. 저는 일부러 나자빠졌지요. 단숨에 그녀는 저를 뛰어넘어 달리기 시작했고, 그녀의 다리가 보였습니다···. 바스크 여자의 다리가 최고라고들 하지만, 그 여자 다리 또한 못지않았어요···. 잘 빠진 데다 빠르기까지 했으니까요. 저는 즉시 일어났지만, 창[44]을 가로로 들어 길을 막았고, 그래서 부하들은 처음 추격하려던 순간에 멈춰서야 했습니다. 그러고 나서 제가 뒤쫓기 시작했습니다. 부하들도 제 뒤를 따라 달려왔고요. 하지만 그 여자를 붙잡다니요! 우리의 박차와 검 그리고 창 때문에 그럴 걱정은 없었습니다. 지금 이렇게 말로 설명하는 시간만큼도 걸리지 않아서, 죄수는 사라져버렸습니다. 게다가 그 동네의 모든 아주머니가 그녀의 도망을 도우며 우리를 속였어요. 우리에게 틀린 길을 가르쳐주었거든요. 몇 번이나 왔다 갔다 하다가 감옥소장의 수령증도 없이 경비대로 돌아가야 했습니다.

제 부하들은 벌을 받지 않으려고, 카르멘이 제게 바스크어를 했다는 사실을 보고했습니다. 솔직히 말해서 그렇게 작은 계집의 주먹 한 방에 저처럼 건장한 남자가 그리 쉽게 쓰러졌다는 사실은 전혀 자연스러워 보이지 않지요. 모든 일이 수상해보였습니다. 아니 차라리 명백해 보였어요. 보초근무를 마치자 저는 계급이 강등되었고 한 달간 감옥신세를 지게 되었습니다. 제가 군복무를 시작하고는 처음으로 징계를 받게 된 거지요. 이미 손에 잡았다고 생각

---

44) 원주: 창: 스페인 기병들은 모두 창을 소지하고 있다.

했던 중사의 계급장이 영영 날아가 버린 겁니다!

감옥에 갇힌 처음 며칠은 정말 슬프게 지나갔습니다. 군대에 입대하면서 제가 적어도 장교는 될 거라고 생각했거든요. 제 고향 사람인 롱가와 미나는 벌써 장군이 되었지요. 차팔란가라는 미나처럼 자유주의자였는데, 일단 대령이 되고 나서 선생님 나라로 망명했고요. 그 사람 동생과 제가 펠로타 경기를 스무 번도 더 해서 잘 알아요. 그 동생도 저처럼 별 볼 일 없는 녀석이었어요. 그때 전 이런 생각이 들었습니다. '징계 한 번 받지 않고 복무했던 지난 시간이 모두 헛수고가 되었다. 이제 네게는 나쁜 평판이 따라붙은 거야. 상관에게 다시 신임을 얻으려면, 처음 지원병으로 왔을 때보다 열 배는 더 열심히 해야만 해. 그런데 내가 벌을 받게 된 이유가 도대체 무엇인가? 한낱 집시 계집 한 명 때문이 아닌가. 그 계집은 나를 속인 데다 이 순간에도 마을 어딘가에서 도둑질이나 하고 있을 텐데.' 그런데도 저는 그 계집 생각을 안 할 수 없었습니다. 선생님, 믿어지세요? 그녀가 도망칠 때 눈앞에 보였던 그 구멍 난 비단 양말이 계속해서 눈앞에 어른거렸습니다. 저는 감옥의 쇠창살 너머로 길거리를 유심히 관찰했지만, 지나가는 여자 중 그 악마 같은 계집만 한 여자를 단 한 명도 찾을 수 없었습니다. 그래서 저도 모르게 그녀가 던졌던 아카시아 꽃의 향기를 맡곤 했습니다.[45] 시들었어도 좋은 향기는 여전히 간직하고 있었거든요…. 만일 정말

---

45) 이 부분을 바탕으로 오페라에서는 돈 호세의 유명한 아리아 〈꽃노래〉(당신이 내게 던진 꽃 La fleur que tu m'avais jetée)가 만들어졌다.

로 마녀가 있다면 그 여자가 바로 마녀일 겁니다.

하루는 간수가 들어와서 제게 알칼라[46] 빵을 주었습니다. "자, 받아. 네 사촌 여동생이 보내준 거야." 저는 매우 놀라서 빵을 받았습니다. 왜냐하면 제게는 세비야에 사는 사촌 여동생이 없거든요. 그 빵을 보면서 '아마 실수일 거야.'라고 생각했어요. 하지만 빵이 하도 먹음직스럽고 냄새도 좋아서, 누가 보냈는지나 누구의 빵인지 따지지 않고 그냥 먹기로 마음먹었습니다. 빵을 자르다 보니 무언가 딱딱한 것에 칼날이 닿았어요. 자세히 살펴보니 빵을 굽기 전 반죽 속에 넣어둔 작은 영국제 줄칼 하나가 들어 있었습니다. 2 피아스터[47] 금화도 한 개 들어 있었고요. 이젠 의심의 여지가 없었습니다. 카르멘이 제게 선물을 보낸 것이죠. 집시 종족에게는 자유가 전부랍니다. 감옥에서 하룻밤 지내는 걸 모면할 수만 있다면 마을 하나라도 다 태워버릴 수 있는 사람들이에요. 게다가 그 여자는 교활하여 그 빵으로 간수를 조롱한 겁니다. 그 줄칼만 있으면 한 시간 만에 제일 굵은 쇠창살도 자를 수 있으니까요. 그리고 2 피아스터 금화로는 첫 번째 헌 옷 가게에 들어가서 군용 외투 대신 평상복으로 갈아입을 수도 있지요. 저는 우리 고향 절벽 위 독수리 둥지에서 수없이 새끼 독수리를 꺼내 본 사람이니, 9 미터 높이도 안

---

46) 원주: 알칼라(Alcalá); 세비야에서 8km 정도 떨어진 곳에 위치한 도시이며, 맛있는 작은 빵을 생산한다. 이렇게 빵 맛이 좋은 것은 알칼라의 물맛이 좋기 때문인 것으로 알려져 있으며, 매일 많은 양의 빵이 세비야로 배달된다.

47) 2 피아스터: 2 페스타에 해당되는 돈을 말하는데, 페스타는 유로화 이전 스페인의 화폐 단위이다.

되는 창문에서 길가로 뛰어내리는 것은 하나도 어려울 게 없었어요. 하지만 저는 탈옥하고 싶지 않았습니다. 제게는 아직 군인으로서의 명예가 남아있었고, 탈옥하는 것은 중대한 범죄로 생각되었기 때문입니다. 그래도 그 여자가 저를 기억해준 것에는 감동했습니다. 감옥에 있을 때는, 자기를 신경 써주는 친구가 밖에 있다고 생각하고 싶어져요. 다만 금화는 조금 자존심이 상했습니다. 당장 돌려주고 싶었지요. 하지만 주인을 어디 가서 찾는단 말입니까? 그건 쉬운 일이 아닐 것 같았습니다.

강등 절차가 마무리되자 이제는 괴로울 일이 없을 줄 알았습니다. 하지만 아직도 감당해야 할 굴욕이 남아 있었어요. 감옥에서 나오자 제게 주어진 임무는 일개 졸병처럼 보초를 서는 일이었습니다. 배포가 큰 남자가 이런 상황에서 어떤 기분이 들지 선생님은 상상도 못하실 겁니다. 차라리 총살당하는 게 낫겠다는 생각이 들었지요. 그 경우에는 최소한 소대의 선두에서 단독으로 걸을 테고, 사람들의 시선을 받으며 뭔가 중요한 사람이 된 기분일 테니까요.

저는 대령의 저택 앞에서 보초를 서게 되었습니다. 그 대령은 젊고 부자인 데다, 놀기 좋아하는 호인이었습니다. 젊은 장교들이 모두 그 저택으로 몰려들었고, 많은 마을 사람들과 여자들, 여배우라는 사람들이 왔습니다. 제 입장에서는, 온 동네 사람이 저를 보려고 그 집 앞에서 약속이라도 한 것 같았어요. 그때 대령의 마차가 도착했고, 마부석에는 시종이 타고 있었습니다. 그런데 누가 거기서 내렸는지 아십니까?… 바로 그 '히타나'(집시 여인)였습니다.

그 여자는 이번에는 보석함처럼 한껏 꾸미고, 온갖 금붙이와 리본으로 치장하고 있었습니다. 금장식이 번쩍이는 옷에, 금장식이 번쩍이는 푸른 구두에, 꽃이며 금줄이 주렁주렁 달려있었습니다. 손에는 탬버린을 쥐고 있었고요. 그 여자 말고도 두 명의 여자 집시가 더 있었는데, 한 명은 젊고, 한 명은 할멈이었습니다. 대개 할멈이 무리를 끌고 다니지요. 기타를 든 집시 영감도 한 명 더 있었습니다. 그는 기타를 쳐서 무리를 춤추게 만드는 사람입니다. 아시다시피 상류사회에서는 종종 집시들을 불러다가 로말리스 춤을 추게 하며 즐기곤 해요. 로말리스는 집시들의 춤인데, 다른 춤을 시킬 때도 있지요.

카르멘은 저를 알아보았고, 우리는 서로 눈빛을 교환했습니다. 왠지 모르겠지만 그 순간 저는 땅속으로 기어들어가고 싶었습니다. "아구르 라구나[48], 사관 나리. 신병처럼 보초를 서고 있군요." 그 여자가 말했습니다. 제가 무어라 한마디 대답도 하기 전에 그녀는 집으로 들어가 버렸습니다.

온 상류사회 사람이 다 안뜰에 모여 있었고, 사람들도 엄청 많았지만, 철책[49] 너머로 저는 그 안에서 벌어지는 일을 거의 다 볼

---

48) 원주: Agur laguna: 안녕하세요, 친구.
　　역주: 카르멘이 바스크어로 돈 호세에게 말하고 있는 것임. 이날부터 카르멘은 돈 호세에게 vous가 아닌 tu로 말한다. 번역상으로는 그 뉘앙스가 잘 전달되지 않지만, 자신을 구해준 돈 호세에게 친근감을 표시하게 되었다고 볼 수 있다.

49) 원주: 철책: 세비야의 집들은 대개 회랑으로 둘러싸인 안뜰을 갖고 있다. 여름에는 사람들이 그곳에서 모이곤 한다. 안뜰에 천막을 쳐서, 낮에는 그곳에 물을 뿌리고 밤에는 천막을 걷어 들인다. 길가에 면한 대문은 거의 언제나 열려있지만, 안뜰로 통하는 길에 있는 매우 멋지게 장식된 철책 문은 주로 닫혀 있다.

수 있었습니다. 캐스터네츠 소리, 탬버린 소리, 웃음소리, 환호하는 소리가 들려왔습니다. 가끔은 탬버린을 들고 뛰어오르는 그녀의 머리도 보였습니다. 얼굴을 붉히게 만드는 장교들의 농지거리도 들려왔습니다. 그 여자가 무어라 대꾸하는지는 들리지 않았습니다. 아마도 그날부터 제가 그녀를 진심으로 사랑하기 시작한 것 같아요. 왜냐하면 안뜰로 뛰어 들어가, 그녀를 유혹하는 모든 건방진 젊은 녀석들의 배를 칼로 찌르고 싶은 생각이 몇 번이나 들었으니까요. 이 고통스런 시간이 족히 한 시간은 흘렀습니다. 집시들이 그 집에서 나왔고, 마차로 되돌아갔습니다. 저를 지나면서 카르멘은 선생님도 잘 아시는 그 눈빛으로 저를 쳐다보며, 낮은 소리로 이렇게 말하더군요. "고향 나리, 맛있는 튀김을 좋아하면 트리아나에 있는 리야스 파스티아 가게에 간답니다." 어린 염소처럼 가볍게 그 여자는 마차에 올라탔고, 마부가 노새에게 채찍질을 하자 즐거운 그 일당은 어디론가 떠나버렸습니다.

예상하시는 대로 저는 보초근무가 끝나자마자 트리아나로 갔습니다. 가기 전에 먼저 면도를 하고, 열병식 날처럼 군복도 솔질했지요. 그 여자는 리야스 파스티아 가게에 있었어요. 튀김 가게 주인인 리야스는 무어인처럼 검고 늙은 집시였습니다. 생선 튀김을 먹으러 동네 사람들이 그곳에 많이 왔어요. 특히 카르멘이 그곳에 자리를 잡은 이후로는 더 많은 사람이 몰려든 것 같았습니다.

저를 발견하자마자 카르멘이 말했습니다. "리야스, 오늘은 이제 아무 일도 안 할게요. 내일도 날이니까.[50] 고향 나리, 자, 우리 함께 산책하러 가요."

그 여자는 만틸라 숄을 코앞까지 뒤집어썼고, 저와 함께 길을 나섰습니다. 어디로 가는지 저는 알 수 없었지요.

"아가씨, 내가 감옥에 있을 때 보내준 선물 고마워요. 빵은 잘 먹었어요. 줄칼은 창을 갈 때 사용할게요. 그건 당신에 대한 기념으로 간직하려고요. 하지만 돈은 돌려줄게요." 그 여자에게 말했습니다.

"어머, 돈을 아직도 갖고 계셨네." 그녀는 웃음을 터뜨리며 외쳤습니다. "하지만, 더 잘됐어요. 마침 돈이 거의 없거든요. 하지만 무슨 상관이에요? 개도 돌아다니면 굶어 죽지 않는다[51]잖아요. 자. 우리 다 먹어치워요. 당신이 한턱내는 거예요."

우리는 세비야 거리로 돌아왔습니다. 세르팡 거리의 입구에서 그 여자는 오렌지 열두어 개를 사서 제 손수건으로 싸게 했습니다. 조금 더 가서는, 빵과 소시지와 만자니야 포도주 한 병을 샀습니다. 마지막으로 과자 가게도 들렀습니다. 거기서 그 여자는 제가 돌려준 금화 하나, 자기 주머니에 있던 다른 금화 하나, 은화 대여섯 개를 카운터 위로 내던지더니, 저한테 가진 돈을 몽땅 내놓으라고 했습니다. 그때 제게는 은화 하나에 쿠아르토[52] 동전 몇

---

50) 원주: Mañana será otro día. 스페인 속담.

51) 원주: Chuquel sos pirela, cocal terela. 집시들의 속담.

52) 쿠아르토: 구리 동전으로, 1/4 페스타(유로화 이전 스페인 화폐단위)를 말함.

개밖에 없어서 그걸 주었어요. 돈이 그것밖에 없어서 좀 창피했지요. 그녀는 가게를 통째로 가지고 가려는 것처럼 굴었습니다. 좋은 것과 비싼 것은 무엇이건 다 샀어요. 그 돈으로 살 수 있는 만큼의 예마스[53], 투론[54], 절인 과일을 모조리 사댔습니다. 이 모든 것을 종이봉투에 담아서 제가 들고 가야만 했지요. 어쩌면 선생님께서도 칸딜레호 거리를 아실 것 같은데요. 그곳에는 정의의 수호자 돈 페드로 왕[55]의 두상이 있지 않습니까. 그 두상을 보고 제가

---

53) 원주: 예마스(Yemas): 설탕을 친 계란 노른자 과자.

54) 원주: 투론(Turon): 누가의 일종.

55) 원주: 정의의 수호자 돈 페드로 왕(roi don Pedro le Justicier): 돈 페드로 왕은 흔히 잔인한 군주로 불리지만, 왕비 이사벨라 라 카톨릭은 언제나 그를 정의의 수호자(Justicier)라고 불렀다. 돈 페드로 왕은 회교도의 왕 하룬 알 라시드처럼 모험을 찾아 세비야의 밤거리를 산책하기를 좋아했다. 어느 날 밤, 왕은 한적한 거리에서 세레나데를 부르던 한 남자와 싸우게 되었다. 결투 끝에 왕은 그 사랑의 기사를 죽이고 말았다. 칼 소리가 들리자 한 노파가 창문으로 머리를 내밀고, 손에 있던 작은 램프인 칸딜레호(candilejo)로 그 현장을 비췄다. 여기서 알아야 할 사실이 있는데, 민첩하고 강한 돈 페드로 왕에게는 독특한 신체적 결함이 있었다. 그가 걸을 때마다 무릎뼈가 심하게 삐걱거렸던 것이다. 그 소리 때문에 노파는 그가 왕이라는 사실을 쉽게 눈치챌 수 있었다. 다음 날 담당 행정관이 왕에게 보고를 하러 왔다. "폐하, 어젯밤 이러저러한 길에서 결투가 일어나서 그중 한 사람이 죽고 말았습니다." – "살해한 자가 누구인지 알아냈는가?" – "네, 알아냈습니다. 폐하." – "그렇다면 왜 아직도 그자를 처벌하지 않는가?" – "폐하의 명령을 기다리고 있습니다." – "국법대로 시행하라." 그런데 왕은 최근에 한 가지 법령을 공표했으니, 그 내용인즉슨 결투를 하는 자는 누구나 목이 잘릴 것이며, 그 잘린 머리를 결투가 벌어졌던 장소에 내걸라는 것이었다. 그 행정관은 이 난처한 일을 매우 재치 있게 처리했다. 그는 왕의 조각상의 머리를 톱으로 자르게 한 후, 살인이 일어났던 거리에 있는 벽의 움푹 들어간 벽면에 그 조각상 머리를 전시한 것이다. 왕을 비롯한 세비야의 시민들은 이 조치에 감탄했다. 유일한 목격자였던 노파의 램프 이름을 따서 그 거리의 이름이 지어졌다. 이것이 민간에 전해지는 이야기이다. 이 이야기를 수니가는 조금 다르게 기술하고 있다.(『세비야 연대기』 제2권 136쪽을 참조할 것). 어찌 되었건 세비야에는 아직도 칸딜레호 거리가 있으며, 이 거리에는 돈 페드로 왕의 상으로 불리는 흉상이 존재한다. 안타깝지만 이

정신을 차렸어야 했는데요. 저희는 그 거리의 한 낡은 집 앞에서 멈춰 섰습니다. 그 여자가 골목으로 들어가서 그 집 1층 문을 두드렸습니다. 진짜 악마의 하녀처럼 보이는 늙은 집시가 문을 열어주더군요. 카르멘은 로마니어[56]로 몇 마디 말했습니다. 노파는 처음에는 투덜댔지요. 노파를 달래려고 카르멘은 그녀에게 오렌지 두 개와 사탕 한 줌을 주고 포도주 맛도 보게 했습니다. 그러고는 자기 망토를 노파의 등에 걸쳐주면서 문밖으로 데리고 나가서 나무 빗장을 잠갔습니다. 마침내 단둘이 남게 되자 그 여자는 이렇게 노래하면서 미친 여자처럼 춤추고 웃기 시작했습니다. "당신은 나의 '롬'(남편), 나는 당신의 '로미'(부인)[57]랍니다." 저는 한 아름 장본 것을 들고서 어디에 두어야 할지 몰라 방 한가운데에 서있었습니다. 그녀는 그 모든 것을 방바닥에 내던지더니, 제 목에 매달리면서 말했습니다. "빚을 갚을 거예요. 나는 빚을 갚지요. 그것이 '칼레'(집시들)[58]의 법이랍니다!"

"아! 선생님, 바로 그날! 바로 그날! 그날을 생각하면 저는 내일이 있다는 걸 잊어버리지요."

흉상은 최근 작품이다. 17세기 무렵 본래 있던 흉상이 너무 낡아서 당시 시 당국이 오늘날과 같은 흉상으로 교체한 것이다.

56) 로마니어: 집시들의 언어

57) 원주: 롬(rom)은 남편, 로미(romi)는 부인.
역주: 롬과 로미는 집시의 언어로, 메리메는 작품 도처에서 집시의 언어를 그대로 사용한 후, 각주를 달아 그 의미를 설명하고 있다.

58) 원주: 칼레(Calés): Calo의 여성형은 Calli이며, 복수형은 Calés이다. 직역하면 '검은색'을 의미하는데, 집시들이 자신들의 언어로 스스로를 일컫는 말이다.

산적은 잠시 입을 다물었다. 담배에 다시 불을 붙이더니 그는 다시 이야기를 계속했다.

우리는 하루 종일 함께 먹고, 마시고, 다른 여러 가지를 하며 지냈어요. 그 여자는 여섯 살 난 어린아이처럼 사탕을 먹더니, 노파의 물동이에 사탕 한 줌을 집어넣었지요. 그러면서 "이건 할멈에게 소르베59)를 해주려는 거예요."라고 했어요. 또 예마스 과자를 벽에 던져 짓이겨놓고는 "이건 파리가 우리를 괴롭히지 않게 만드는 거지요."라고 했어요…. 할 수 있는 온갖 장난과 바보짓은 다 했습니다. 저는 그녀에게 춤추는 것을 보고 싶다고 말했습니다. 하지만 캐스터네츠를 어디서 구할 수 있겠어요? 그 여자는 곧바로 노파의 단 하나의 접시를 집어 들더니 그걸 산산조각 내어버렸습니다. 그러더니 그 사기 조각으로 딸까닥 소리를 내면서, 흑단 나무나 상아로 된 캐스터네츠로 춤을 추는 것만큼이나 능숙하게 로말리스 춤을 추었습니다. 그녀와 함께 있으면 지루할 틈이 없지요. 그건 제가 장담할 수 있습니다. 어느새 저녁 시간이 되었고, 부대로 복귀해야 함을 알리는 북소리가 들려왔습니다.

"점호를 하러 이제 부대로 돌아가야겠어." 제가 말했습니다.

"부대로요?" 경멸한다는 듯 그녀가 말했어요. "그럼 당신은 검둥이군요. 아무 말 없이 복종만 하는 검둥이. 당신은 군복뿐 아니라 성격도 진짜 카나리아였네요.60) 가버려요. 당신은 병아리같이

---

59) 소르베: 과즙, 술, 향료 등으로 만든 일종의 아이스크림이나 셔벗.
60) 원주: 카나리아: 스페인 용기병은 노란 군복을 입고 있다.

겁쟁이군요." 저는 영창에 들어갈 각오를 하고 남았습니다. 날이 밝자 이번에는 그녀가 먼저 헤어지자고 말했습니다. "잘 들어요, 호세이토. 이젠 내가 빚을 갚았죠? 사실 우리 법대로라면, 난 원래부터 당신께 빚진 게 없어요. 왜냐하면 당신은 '페이요'[61](이방인)이니까요. 하지만 당신은 미남인 데다 내 마음에 들었어요. 자 이제 우린 서로 빚진 것이 없어요. 그럼 잘 가요."

저는 언제쯤에나 그녀를 다시 만날 수 있겠냐고 물었습니다.

"당신이 조금 덜 멍청해지면요." 그녀는 웃으며 대답했고, 조금 더 진지한 목소리로 덧붙였습니다. "내가 당신에게 조금 반한 것 같아요. 하지만 계속되지는 못할 거예요. 개와 늑대는 오래 잘 지내지는 못하거든요. 만에 하나, 당신이 이집트의 법을 받아들인다면[62] 내가 당신의 '로미'(부인)가 되어줄게요. 하지만 그건 어리석은 짓이에요. 그럴 수 없지요. 체! 도련님, 내 말 좀 들어봐요. 당신은 운 좋게 별일 없는 거예요. 왜냐면 당신은 악마를 만났거든요, 맞아요, 악마요. 악마가 항상 새까맣지는 않아요. 악마인데 당신을 목 조르지 않은 거예요. 나는 양털 옷을 입고 있지만, 양이 아니랍니다.[63] 당신의 마하리[64]에게 가서 촛불을 올리세요. 성모님께서 이기셨으니까요. 자, 다시 한번 작별 인사를 할게요. 이제 카르멘시

---

61) 집시들이 자기 종족이 아닌 남자를 부르는 말.

62) 이집트의 법을 받아들인다: 집시가 된다는 뜻.

63) 원주: 나는 양털 옷을 입고 있지만 양이 아니랍니다.: Me dicas vriardà de jorpoy, bus ne sino braco. 집시의 속담.

64) 원주: 마하리(Majari): 성인, 성모 마리아.

타 생각을 하면 안 돼요. 안 그러면 내가 당신을 나무다리 과부[65]와 결혼시킬 거예요."

이렇게 말하면서 그녀는 문을 잠갔던 빗장을 풀고 길거리로 나선 후, 만틸라 숄을 두르고 제 눈앞에서 사라져버렸습니다.

그 여자 말이 맞았어요. 저는 더 이상 그 여자 생각을 하지 않는 것이 현명했을 겁니다요. 하지만 칸딜레호 거리에서 하룻밤을 지낸 그날 이후 저는 다른 생각을 할 수 없었습니다. 혹시라도 마주칠까 싶어 하루 종일 길거리를 배회했습니다. 노파에게, 또 튀김 장수에게 그 여자 소식을 물어보았지요. 둘 다 하는 말이 그녀가 랄로로[66]로 떠났다는 겁니다. 집시들이 포르투갈을 그렇게 부르지요. 그 사람들이 그렇게 말한 건 카르멘이 시켜서였던 것 같습니다. 얼마 지나지 않아서 저는 그 사람들이 거짓말을 하고 있다는 사실을 알게 되었으니까요. 칸딜레호에서의 그날로부터 몇 주 지나지 않아, 저는 도시의 성문에서 보초를 서게 되었습니다. 성문에서 별로 멀지 않은 성벽에 무너진 틈새가 있었어요. 낮에는 인부들이 그곳을 보수하고 밤이 되면 보초를 세워 밀수업자가 드나들지 못하게 했지요. 어느 날 낮에 리야스 파스티아가 초소 근처를 왔다 갔다 하면서 제 동료들 몇 명과 이야기하는 것이 눈에 들어왔습니다. 모두들 그 사람이 누군지는 알지요. 그 사람의 생선 요리, 특히 튀김 요리는 더욱 잘 알고요. 그 남자가 제게 다가오더니 카르멘

---

65) 원주: 나무다리 과부: 교수대를 말한다. 교수대가 최근에 매달려 죽은 남자의 과부라는 것이다.

66) 원주: 랄로로(Laloro): '붉은 대지'라는 뜻.

소식을 아냐고 물었습니다.

"모릅니다." 이렇게 말했지요.

"그렇다면 곧 알게 될 거예요, 친구."

그 사람은 거짓말을 하지 않았습니다. 밤이 되자 그 무너진 틈새에서 제가 보초를 서게 되었습니다. 하사가 자리를 뜨자마자 한 여자가 제게로 다가오는 것이 보였습니다. 속으로는 그 사람이 카르멘일 거라고 생각했지만 그래도 저는 소리쳤습니다. "물러서! 여기를 통과할 수 없다!"

"그렇게 심술궂게 굴지 말아요." 자기가 카르멘이라는 것을 알리면서 그녀가 말했습니다.

"뭐야! 카르멘, 당신이었군!"

"네, 고향 나리. 긴말하지 말고 잘 얘기해봐요. 일 두로[67]를 벌고 싶지 않나요? 조금 있으면 짐을 진 사람들이 올 거예요. 그들을 통과시켜줘요."

"안 돼." 제가 대답했습니다. "그 사람들의 통과를 막는 게 내 임무야, 명령이라구."

"명령이라니요. 명령이라! 칸딜레호 거리에서는 그러지 않았잖아요."

"아!" 그 추억만으로도 저는 마음이 싱숭생숭해져서 대답했습니다. "그때는 명령을 잊을 만한 가치가 있었어. 하지만 나는 밀수업자의 돈 따위는 받고 싶지 않아."

---

67) 두로: 스페인의 옛 은화로, 일 피아스터의 가치가 있다.

"글쎄, 돈이 싫으면 도로테아 할멈 집에 가서 다시 한번 함께 저녁을 먹는 건 어때요?"

"안 돼! 그럴 수 없어." 필사적인 노력으로 반쯤 목이 메어 제가 대답했습니다.

"좋아요. 당신이 안 된다면, 누구한테 부탁해야 할지 난 잘 알아요. 당신 상관에게 도로테아 할멈 집에 함께 가자고 할 거예요. 그 사람은 마음씨가 착해 보이더군요. 그 사람이라면 눈감아 줄 사람을 보초로 세워줄 거예요. 잘 있어요, 카나리아 양반. 당신을 교수대에 매달라는 명령이 떨어지는 그날, 내가 웃어줄게요."

저는 마음이 약해져서 그 여자를 다시 불러 세웠고, 집시들을 모두 통과시켜주겠다고 약속했습니다. 단 제가 바라는 유일한 보상을 받는다는 조건으로요. 그녀는 당장 내일이라도 약속을 지키겠다고 금방 맹세했습니다. 그러더니 근처에 있던 동료들에게 알리기 위해 달려갔지요. 동료는 다섯 명이었고 그중에 파스티아도 끼어 있었습니다. 모두 영국제 물건을 잔뜩 들고 있었습니다. 카르멘은 망을 보았어요. 순찰대가 보이면 즉시 캐스터네츠로 알려주기로 했지요. 하지만 그럴 필요는 없었습니다. 밀수업자들이 눈 깜짝할 사이에 일을 처리했거든요.

그 다음 날 저는 칸딜레호 거리를 찾아갔습니다. 카르멘은 저를 한참이나 기다리게 해놓고는, 몹시 기분이 상해서 나타났습니다. "나를 굽실거리게 만드는 사람은 딱 질색이에요. 처음에는 아무런 대가도 바라지 않고 더 큰 호의를 베풀어주었잖아요. 그런데 어제는 나와 흥정을 했어요. 지금 내가 왜 여기에 왔는지도 모르겠네요. 이젠 당신을 사랑하지 않으니까요. 자, 꺼져버려요. 수고비로 일 두로를 줄게요." 저는 하마터면 받은 동전을 그녀의 얼굴에 집어 던질 뻔했습니다. 그 여자를 실컷 패주고 싶은 것을 가까스로 참았습니다. 한 시간가량을 싸우고 나서 저는 화가 나서 밖으로 나갔습니다. 한동안 미친놈처럼 여기저기를 걸으며 마을을 배회하고 다녔지요. 그러다가 어떤 성당에 들어가서 제일 어두운 곳에 자리를 잡고 뜨거운 눈물을 흘리며 울었습니다. 그런데 갑자기 누군가의 목소리가 들려왔습니다.

"용[68]의 눈물이라! 그 눈물로 미약을 만들고 싶은걸." 저는 눈을 들었습니다. 바로 카르멘이 제 앞에 있었습니다. "아이고 고향 나리, 아직도 나를 원망해요?" 그녀가 제게 말했습니다. 당신에게 여전히 화가 났지만, 어쩌면 당신을 사랑하나 봐요. 당신이 그렇게 떠나버리니까 기분이 묘해졌어요. 자 이번에는 내가 당신께 칸딜레호 거리로 같이 가자고 부탁할게요." 우리는 이렇게 화해했습니다. 하지만 카르멘의 기분은 꼭 우리 고향 날씨 같았습니다. 해가 쨍쨍 내리쬘수록 폭풍이 몰려올 가능성이 높으니까요. 그 여자는 도로테아 할멈 집에서 다시 만나자고 약속했지만, 결국 나타나지 않았습니다. 도로테아 말이 카르멘이 집시 일 때문에 로모에 갔다며 더더욱 시치미를 떼는 것이었습니다.

---

68) 용: 여기서는 용이 이중의 의미를 갖는다. 즉 상상의 동물인 용의 의미와 용기병의 의미를 둘 다 내포한다.

경험상 그 의미가 무엇인지 이제는 잘 알기에, 저는 카르멘이 있을 만한 곳을 몽땅 찾아다녔습니다. 특히 칸딜레호 거리를 하루에 스무 번도 지나다녔지요. 어느 날 저녁 제가 도로테아 할멈 집에 있을 때였습니다. 할멈에게 아니스 술을 가끔 사줘서 이미 할멈과는 친해진 상태였지요. 카르멘이 그때 젊은 남자랑 같이 들어오지 않겠습니까. 바로 우리 연대의 중위였습니다. "빨리 나가요." 그녀가 바스크어로 제게 말했습니다. 저는 얼이 빠져서 그대로 서 있었습니다. 가슴속이 부글부글 끓어올랐지요. 중위가 제게 소리쳤어요. "자네 여기서 무얼 하고 있나? 물러가. 꺼져!" 저는 한 발짝도 움직일 수 없었습니다. 꼭 마비된 것 같았어요. 제가 물러가지도 않고, 심지어 군모도 벗지 않은 것에 화가 난 장교는, 제 멱살을 잡고 마구 흔들어댔습니다. 제가 그 사람에게 뭐라고 말했는지 기억도 안 나요. 그 사람이 칼을 뽑았고, 저 또한 칼을 뽑았습니다. 할멈이 제 팔을 붙잡았고, 중위가 제 이마에 칼을 휘둘렀습니다. 아직도 그 칼자국이 남아있지요. 저는 뒤로 물러섰고, 팔꿈치로 도로테아 할멈을 넘어뜨렸습니다. 중위가 계속 덤비는 바람에 저는 칼끝으로 그를 찔렀습니다. 그러자 카르멘이 램프를 껐고, 도로테아 할멈에게 도망치라고 집시의 말로 얘기했습니다. 저도 거리로 도망쳤고, 어딘지도 모르고 무작정 달렸습니다. 누군가 계속 저를 쫓아오는 것 같았습니다. 정신을 차리고 보니 카르멘이 계속 저를 따라와 준 걸 알아차렸습니다. "바보 카나리아 양반!" 그녀가 제게 말했습니다. "정말로 당신은 멍청한 짓만 하네요. 게다가 내가 당신에게 불행을 안겨줄 거라고 이미 경고했잖아요. 자, '로마의 네덜란드 아가씨'(집시 여인)[69]가 애인이면 무슨 일이 생겨도 빠져나갈 구멍은 있어요. 이마부터 이 손수건으로 누르고, 그 혁대를 던져 줘요. 그리고 이 길에서 나를 기다려요. 금방 돌아올게요." 그 여자는 사라지더니 어디선가 줄무늬 망토를 구해서 금방 제게 돌아왔습니다. 저보고 군복을 벗으라고 하더니 셔츠 위에 그 망토를 입혀주었지요. 그렇게 요상하게 차려입고, 머리의 상처를 그 여자가 손수건으로 동여매어 주니, 제 모습은 세비야에 추파스[70] 음료를 팔러 오는 발렌시아 농부와 제법 비슷해졌습니다. 그 후 그녀는 작은 골목 구석에 있는, 도로테아 할멈의 집과 아주 비슷한 집으로 저를 데리고 갔습니다. 그녀는 또 다른 여자 집시와 함께 저를 씻기고, 어떤 군의관보다도 더 능숙하게 치료를 한 후, 알 수 없는 어떤 음료를 마시게 했습니다. 그리고 저를 매트리스 위에 눕혔는데, 저는 곧 잠이 들었습니다.

아마도 그 여자들이 자신들의 비법으로 만든 어떤 진정제를 음료에 넣었던 것 같아요. 왜냐하면 다음 날 저는 아주 늦게서야 잠에서 깨어났거든요. 머리가 몹시 아팠고, 열도 났습니다. 조금 시

---

69) 원주: 로마의 네덜란드 아가씨(Flamenca de Roma): 집시 여인을 의미하는 속어. 여기서 로마는 이탈리아의 영원한 도시인 로마를 의미하는 것이 아니라, 로미(결혼한 사람들/ 집시들이 결혼한 집시들을 스스로 부르는 말)의 나라라는 의미이다. 처음으로 스페인에 왔던 집시들은 아마도 네덜란드에서 온 것으로 추정된다. 네덜란드(플라망드)가 붙은 것은 이로부터 유래된 것이다.

70) 원주: 추파스: 매우 맛있는 음료수를 만드는 구근 뿌리.
역주: 추파스를 재료로 오르차타라는 발렌시아 전통음료를 만드는데, 한국의 아침햇살과 비슷한 쌀음료이다.

간이 지나서야 전날 있었던 끔찍한 일들이 생각났습니다. 상처를 치료해준 다음에 카르멘과 그 친구는 제 이불 곁에 쪼그리고 앉아서 '치페 칼리'[71]어로 뭔가 이야기를 했습니다. 치료방법에 대해 의논하는 것 같았습니다. 그러더니 두 여자가 하는 말이 상처는 곧 나을 테지만, 최대한 빨리 세비야를 떠나야 한다고 했습니다. 붙잡히면 가차 없이 총살당할 테니까요. 카르멘이 제게 말했습니다. "이봐요, 이젠 당신도 무언가는 해야 해요. 이젠 국왕이 당신에게 쌀도 건대구[72]도 주지 않게 되었으니, 어떻게 먹고살지 생각해봐야지요. 당신은 능숙하게 도둑질하기에는[73] 너무 멍청해요. 하지만 민첩하고 힘이 세기는 하죠. 배짱만 있으면 바닷가로 가서 밀수업자가 되는 게 좋겠어요. 당신을 교수대에 매달겠다고 내가 약속했었지요? 총살당하는 것보다는 그 편이 나아요. 게다가, 잘만 하면 왕자처럼 살 수도 있어요. '미뇽'[74]이나 해안경비대에 뒷덜미를 잡히지만 않는다면 말이죠."

그 악마 같은 계집은 이렇게 달콤한 말로 제가 하게 될 일을 그려보였습니다. 솔직히 말해서 사형당할 처지인 제게 남은 유일한 선택지였지요. 선생님, 이것도 말씀드릴까요? 그 여자는 별 어려움 없이 저를 결심시켰습니다. 우연과 반역의 삶을 살게 되면 제가 그

---

71) 로마니어도 치페 칼리어도 모두 집시의 언어이다.

72) 원주: 건대구: 스페인 병사들의 평소 음식.

73) 원주: 능숙하게 도둑질하기(ustilar a pastesas): 능숙하게 도둑질하다. 폭력을 사용하지 않고 슬쩍 훔치다.

74) 원주: 미뇽(Miñons): '일종의 의용대'라는 의미이다.

녀와 더욱 가까워질 것만 같았습니다. 이제부터는 그녀의 사랑을 확신할 수 있으리라고 믿었지요. 안달루시아를 주름잡는 밀수업자 중에는 좋은 말에 올라 손에는 총을 들고, 뒤에는 애인을 태우고 다니는 자들이 있다는 말을 여러 번 들은 적이 있었습니다. 이 예쁜 집시를 태우고 산과 계곡을 돌아다니는 제 모습이 벌써 눈앞에 그려졌습니다. 제가 그 얘기를 했더니 그녀는 배꼽을 잡고 웃으며 야영지에서 보내는 밤만큼 아름다운 것은 없다고 말했습니다. 거기서는 '롬'(남편)이 자신의 '로미'(부인)를 세 개의 받침 위에 모포를 덮어 만든 작은 천막 안으로 데리고 들어간다고 했지요.

"일단 산 속으로 들어가게 되면, 거기서는 당신을 믿을 수 있겠네. 거기에는 당신을 나눠 갖자는 중위는 없을 테니 말이야."

"어머, 지금 질투를 하는군요." 그녀가 대답했습니다. "참 안됐어요. 왜 그렇게 바보 같아요? 한 번도 돈을 요구하지 않았는데도 내가 당신을 사랑하는 줄 모르겠어요?"

그 여자가 이렇게 말하던 순간 저는 그녀의 목을 조르고 싶었습니다.

선생님, 간단히 말씀드리자면 카르멘은 제게 평상복을 구해주었고, 그래서 발각되지 않고 세비야를 빠져나올 수 있었습니다. 저는 파스티아의 편지를 갖고 헤레스[75]로 갔는데, 거기서 아니스 술장수를 찾아갔어요. 그곳은 밀수업자들의 집합소였습니다. 저는

---

75) 헤레스(Jerez): 스페인 남서부 안달루시아 지방의 상업도시로 세비야 남쪽에 위치함.

거기 있던 사람들에게 소개되었고, 당카이레[76]라는 별명을 가진 두목이 저를 자기 편에 넣어줬습니다. 우리는 가우신을 향해 떠났고, 그곳에서 카르멘을 다시 만날 수 있었습니다. 거기서 다시 만나기로 약속했거든요. 일을 진행할 때면 카르멘이 스파이 노릇을 했는데, 이제껏 그 누구보다 최고로 잘했습니다. 지브롤터에서 돌아온 그 여자는 벌써 어떤 선주와 영국 상품의 선적을 계약해 두었고, 우리가 해안에서 인수하기로 했습니다. 우리는 그 상품을 기다리려고 에스테포나 근처로 갔습니다. 받은 밀수품의 일부는 산에 숨겨 두고, 나머지는 챙겨서 론다로 향했습니다. 카르멘이 우리보다먼저 론다에 가 있었습니다. 우리가 어느 시각에 시내로 들어갈지를 알려준 것 역시 카르멘이었습니다. 이 첫 번째 원정과 그 후 몇 번의 원정까지는 행복했습니다. 밀수업자의 삶이 군인의 삶보다도더 마음에 들었지요. 저는 카르멘에게 선물을 하곤 했습니다. 제게는 돈도 있고 애인도 있었던 겁니다. 저는 거의 후회도 하지 않았습니다. 왜냐하면 집시들이 말하듯 '즐거울 때는 옴도 가렵지 않은'[77] 법이거든요. 어디를 가든 우리는 환영받았습니다. 동료들도 제게잘해주었고, 저를 존경하는 사람도 있었습니다. 이유인즉슨, 제가 사람을 죽였기 때문이었습니다. 그들 중에는 그런 무용담이 없는 자들도 있었지요. 하지만 이 새로운 삶에서 저를 기쁘게 만든 것은, 무엇보다도 카르멘을 자주 볼 수 있다는 점이었습니다. 그 여자

---

76) 당카이레: 당카이레는 스페인의 은어로 남의 돈을 맡아서 대신 도박을 하는 도박꾼을 의미한다.

77) 원주: 즐거울 때는 옴도 가렵지 않다(Sarapia sat pesquital ne punzava).

는 어느 때보다도 더한 애정을 제게 보여주었습니다. 하지만 동료들이 함께 있을 때면 자기가 저의 애인이라는 사실을 시인하지 않았어요. 심지어 동료들 앞에서는, 그녀에 관해서 제가 어떤 말도 하지 않겠다고 맹세하게 만들었지요. 저는 그 여자 앞에서는 하염없이 약해져서 그 모든 변덕에 다 복종했습니다. 게다가 그 여자가 정숙한 여자처럼 조심하는 것을 처음 보았기 때문에, 순진하게도 이제는 이 여자가 예전과 다르다고, 정말로 변화되었다고 믿었던 겁니다.

저희 밀수업자는 여덟 명에서 열 명씩 조를 이루어서 중요한 순간에만 다 같이 모이고, 평소에는 두세 명씩 도시와 마을에 흩어져 지냅니다. 형식상으로 각자 직업이 있었어요. 어떤 사람은 주물업자, 어떤 사람은 말 장수고, 저는 잡화상이었지요. 하지만 저는 세비야에서의 불미스러운 사건 때문에 번화한 곳에는 거의 다니지 않았습니다. 어느 날, 아니 차라리 어느 밤이라 해야겠네요. 저희는 베제르산 기슭에서 만나기로 했습니다. 당카이레와 제가 다른 사람들보다 먼저 약속 장소에 도착했어요. 그 사람은 아주 기분이 좋아보였지요. "동료가 한 명 더 늘 거야." 그가 말했습니다. "카르멘이 최상의 작전을 펼쳤어. 타리파의 감옥에 수감되어 있던 자기 '롬'(남편)을 탈옥시켰거든." 저는 이제 거의 모든 동료들이 사용하는 집시의 말을 알아듣기 시작했고, 그래서 롬이라는 말에 충격을 받았습니다. "뭐라고요! 남편이라고요? 그 여자가 결혼을 했어요?" 저는 두목에게 물었습니다. 그러자 대답하더군요. "그래, 애꾸눈인 가르시아랑 했지. 카르멘만큼이나 교활한 집시야. 불쌍한 녀석이 중노동형을 받고 철창신세를 지고 있었거든. 카르멘이 감옥의 군의관을 감언이설로 속여 자기 남편의 자유를 얻어낸 거야. 정말로 그 계집은 대단한 것 같아. 벌써 이 년 전부터 그자를 탈옥시키려고 노력해왔거든. 군의관을 바꿔 칠 생각을 해내기 전까지는 아무것도 소용이 없었지. 새로운 군의관하고는 금방 협상에 성공한 것 같아."

이 소식이 제게 어떤 기쁨을 주었을지는 상상에 맡기겠습니다. 저는 애꾸눈 가르시아와 곧 만나게 되었습니다. 그자는 이제껏 있었던 집시 중 가장 비열한 괴물이었습니다. 검은 피부에 영혼은 그보다도 더 검은 녀석이었어요. 제가 평생 만나본 최고의 악당이었습니다. 카르멘이 그자와 함께 왔어요. 그 여자가 제 앞에서 그자를 '나의 롬'이라고 부르면서, 가르시아가 고개를 돌렸을 때를 틈타 제게 어떤 눈빛을 보내고 찡그린 표정을 지었는지 한 번 보셔야 합니다. 화가 난 저는 그날 밤에는 그녀와 한 마디도 말하지 않았습니다. 날이 밝자 우리는 짐을 꾸려서 길을 나섰는데 열두 명가량의 기마병의 추격을 받고 말았습니다. 모두들 죽여 버리겠다고 입으로만 나불대던 안달루시아의 허풍쟁이들은 금방 안색이 파랗게 질려서 모두들 냅다 도망쳤습니다. 당카이레, 가르시아, 레멘다도라는 이름의 에시하 태생 미남 청년, 그리고 카르멘만 정신을 차리고 있었습니다. 다른 사람들은 모두 노새를 내팽개치고 말을 타고는 쫓아올 수 없는 협곡으로 달아나버렸습니다. 우리도 노새를 더 이상 끌고 갈 수는 없는 노릇이었습니다. 우리는 서둘러 밀수품 중 제일 좋은 것만 추려서 어깨에 둘러메고 가장 가파른 암벽 사이로 도망치기로 했습니다. 봇짐을 앞으로 던져놓고 있는 힘을 다해 발 뒤꿈치로 미끄러지며 나아갔습니다. 그러는 동안에 적은 우리에 게 총을 쏘아댔습니다. 총알이 쌩쌩 소리를 내는 것을 난생처음으로 들었지만 그래도 별로 대수롭지 않았습니다. 여자가 보고 있을 때는 죽음을 신경 쓰지 않는 것도 자랑할 일이 아니랍니다. 허리에 총을 맞은 불쌍한 레멘다도를 빼고는 우리 모두 무사히 도망쳤습니다. 저는 짐을 던져버리고 레멘다도를 부축하려고 했습니다. 그러자 가르시아가 제게 소리쳤어요. "이 멍청아, 송장으로 뭘 하려는 거야? 그 녀석은 해치워버려. 면 양말을 꼭 가지고 가야지." 카르멘도 소리쳤습니다. "그 사람은 버리고 와요!" 저는 너무 힘이 들어 잠시 레멘다도를 바위 뒤에 내려놓았습니다. 그러자 가르시아가 다가와서 그의 머리에 총을 쏘아 댔습니다. "이젠 여간해선 누군지 못 알아보겠군." 자기가 쏜 12발의 총알로 헤집어진 젊은이의 얼굴을 바라보며 가르시아가 말했습니다.

선생님, 이게 바로 제가 살았던 멋진 삶이라는 겁니다. 그날 저녁 우리는 피로로 기진맥진하고, 먹을 것도 아무것도 없고, 노새를 잃어버려 손실도 어마어마한 상태로 어느 숲에 이르렀습니다. 그 악마 같은 가르시아가 무엇을 했는지 아세요? 주머니에서 카드 한 통을 꺼내더니 피워놓은 모닥불 불빛에 의지해서 당카이레와 도박을 하기 시작하더군요. 그러는 동안 저는 누워서 별들을 바라보며 레멘다도를 생각했고, 차라리 그의 신세가 더 낫겠다는 생각을 했습니다. 카르멘은 제 곁에 쪼그리고 앉아서 이따금 캐스터네츠를 연주하며 노래를 흥얼거렸습니다. 그러더니 귓속말을 하려는 듯 다가와서는 제가 싫다는데도 두세 번 억지로 키스를 했습니다. 제가 그녀에게 말했어요. "넌 악마야." 그러자 그녀도 대답했습니다. "맞아요."

몇 시간 쉬고 나서 카르멘은 가우신으로 떠났고, 다음 날 아침 어떤 염소지기 소년이 우리에게 빵을 가져다주었습니다. 그날은 종일 거기에 있다가 우리 일행은 밤이 되어서야 가우신 근처로 갔습니다. 카르멘한테서 소식이 오기를 기다리고 있었지요. 하지만 아무 소식도 없었습니다. 날이 밝자 노새 몰이꾼이 양산을 쓴 멋쟁이 아가씨와 몸종 같아 보이는 어린 소녀를 노새에 태우고 오는 것이 보였습니다. 가르시아가 우리에게 말했어요. "성 니콜라스께서 우리에게 노새 두 마리와 여자 둘을 보내주셨군. 노새 네 마리였다면 더 좋았을걸. 상관없지 뭐. 내가 맡아서 할게!" 그는 총을 들고 덤불 속에 몸을 숨기면서 오솔길 쪽으로 내려갔습니다. 당카이레와 저도 조금 떨어져 그를 따라갔습니다. 사정거리에 들자 우리는 모습을 드러내면서 노새 몰이꾼에게 멈추라고 소리쳤습니다. 우리의 모양새가 무서웠을 텐데도 우리를 발견한 여자는 겁을 먹기는커녕 큰 소리로 웃어댔습니다. "어머, 나를 '에라니'(요조숙녀)라고 생각하다니, 진짜 '릴리펜디'(바보)들이네![78]"

---

78) 원주: Les imbéciles qui me prennent pour une femme comme il faut. 나를 요조숙녀로 생

그 여자는 바로 카르멘이었습니다. 너무 변장을 잘해서 만일 다른 언어로 말했다면 저는 그녀를 알아보지 못했을 겁니다. 노새에서 내린 카르멘은 낮은 목소리로 당카이레랑 가르시아와 잠시 이야기를 나누고는 제게 말했습니다. "카나리아 도련님, 당신이 교수대에 매달리기 전에 우린 또 만날 거예요. 나는 집시 일을 보러 지브롤터에 가요. 내 소식을 곧 듣게 될 거예요." 그 여자는 우리가 며칠간 숨어있을 만한 장소를 알려주었고, 우리는 헤어졌습니다. 우리 무리에게 그 여자는 구세주였지요. 얼마 지나지 않아 우리는 그녀가 보내준 얼마간의 돈도 받았고, 또 그보다 더 중요한 정보, 즉 이러이런 날에 두 명의 영국 신사가 지브롤터에서 그라나다로 이러이런 길을 통과해서 갈 거라는 정보도 받았습니다. 두말할 필요 없이 잘 알아들으라는 소리였지요. 신사들이 아름답고 멋진 기니 금화[79]를 갖고 있다는 겁니다. 가르시아는 그들을 죽여 버리자고 했지만, 당카이레와 저는 반대했어요. 결국 우리는 그들에게서 돈과 시계만 빼앗았고, 몹시 필요했던 셔츠만 더 빼앗았어요.

선생님, 사람은 자기도 모르는 사이에 악당이 되어 버려요. 예쁜 아가씨가 분별을 잃게 만드는 겁니다. 그 아가씨 때문에 싸움이 일어나고, 불행이 닥치고, 산에서 살 수밖에 없게 되고, 밀수업자가 되고, 그러다 생각도 못했는데 어느새 강도가 되어 버리는 겁

각하는 바보들.

역주: 여기서도 메리메는 지방색을 나타내도록 집시들의 단어인 릴리펜디(lillipendi)와 에라니(erani)를 사용하고 있다.

79) 기니 금화: 21실링에 해당하는 영국의 옛 금화.

니다. 영국 신사들 일로 우리는 지브롤터 근방에서 지내는 것은 좋지 않겠다고 판단했어요. 그래서 론다의 산속으로 틀어박혔지요. 선생님께서 제게 호세 마리아에 대해 말한 적이 있지요? 바로 거기서 제가 그 남자를 알게 되었습니다. 그 사람은 일을 하러 갈 때도 애인을 데리고 다녔어요. 그자의 애인은 예쁘고, 착하고, 겸손하고, 예의도 바른 여자였어요. 버릇없는 말은 결코 한 적이 없으며 헌신적이기까지 했지요!… 반대로 그 남자는 여자를 불행하게 만들었습니다. 언제나 다른 여자 꽁무니를 쫓아다녔으니까요. 그자는 그녀를 함부로 대했고, 심지어 가끔은 질투할 생각을 했어요. 한번은 칼로 찌른 적도 있지요. 그런데도 그 여자는 그 일로 인해 오히려 그를 더 사랑하게 되었어요. 여자들은 그런가 봐요. 특히 안달루시아 여자들은 더더욱 그렇고요. 그 여자는 자기 팔에 난 그 상처를 엄청 자랑스러워했습니다. 마치 세상에서 가장 멋진 것인 양 보여주곤 했어요. 그런데 호세 마리아 녀석은 일을 할 때도 최악의 동료였습니다!… 그자와 함께 일을 한 적이 있는데, 어찌나 일을 교묘하게 꾸며놓았던지, 실속은 자기가 다 챙기고 우리는 타격을 입고 뒤치다꺼리만 했지요. 하던 얘기로 다시 돌아올게요. 카르멘에게서 더 이상 소식이 오지 않았습니다. 당카이레가 말했어요. "우리 중 한 명이 지브롤터에 가서 카르멘 소식을 알아봐야겠어. 뭔가 우리가 할 일을 준비해놓았을 거야. 내가 가면 좋겠지만 지브롤터에서 나는 너무 알려져 있어." 애꾸눈도 말했습니다. "나도 마찬가지야. 나는 다들 알아봐. 내가 '가재들'(영국 사람들)[80]을 엄청 골탕 먹였거든. 게다가 나는 애꾸눈이라 변장도 못해." 이번에는 카르멘을 다시 볼 수 있다는 생각으로 신이 난 제가 말했습니다. "그러면, 내가 가야겠네. 뭘 하면 되지?" 두 사람이 말하더군요. "배를 타고 가든지 산로케를 통해 가든지 하라고. 마음 내키는 대로 해. 지브롤터에 도착하면 일단 항구에 가서, 라 로요나라는 이름의 초콜릿 장수가 어디에 사는지 물어보라고. 그 할멈을 만나면 거기서 무슨 일이 일어나고 있는지 알게 될 거야."

셋이 함께 가우신산으로 간 다음 둘은 거기에 남고, 저는 과일 장수로 변장하여 지브롤터에 가기로 했습니다. 론다에서 우리와 한패인 사람이 통행증을 만들어주었어요. 가우신에서는 나귀를 한 마리 받았습니다. 저는 나귀에 오렌지와 멜론을 싣고서 길을 떠났습니다. 지브롤터에 도착해보니, 모두들 라 로요나를 잘 알고 있었지만, 할멈은 이미 죽었거나 '땅끝'[81]으로 떠났다고 했습니다. 제 예상으로는, 할멈이 사라지는 바람에 우리와 카르멘이 연락할 길도 막혔던 것 같았어요. 저는 나귀를 마구간에 넣어 두고 오렌지를 챙겨서, 오렌지를 파는 체하며 마을을 돌아다녔습니다. 사실은 누구라도 아는 사람을 만날 수 있을까 해서였습니다. 그곳에는 여러 나라에서 온 수많은 불량배들이 득실댔어요. 길에서 열 발자국 걸을 때마다 새로운 언어가 들려왔으니, 꼭 바벨탑 같았지요. 집시들도

---

80) 원주: 가재들(Ecrevisses): 스페인 사람들이 영국 사람들을 부르는 별명으로, 영국 군복의 색을 따서 지었다.
81) 원주: 땅끝(finibus terrae): 감옥 또는 행방불명.

많이 보였지만, 그 사람들을 믿을 수도 없는 노릇이었습니다. 저나 그 사람들이나 상대를 살피기만 했습니다. 피차 서로 악당이라는 사실은 알 수 있었지만, 중요한 건 같은 편인지 아는 것이었어요. 이틀이나 돌아다녀도 라 로요나 할멈이나 카르멘에 대해 아무 정보도 얻지 못했기에, 저는 필요한 장이나 봐서 동료들에게 돌아가려 했습니다. 그러다 해질 무렵 길을 걷고 있는데 창문에서 어떤 여자가 저를 부르는 소리가 들려왔습니다. "오렌지 장수!"… 고개를 들어 보니 발코니에 있는 카르멘이 보였습니다. 황금 견장이 달린 붉은 군복을 입은, 대귀족 같아 보이는 곱슬머리 장교와 난간에 팔꿈치를 대고 있더군요. 그 여자로 말하면, 근사하게 차려입고 있었습니다. 어깨에는 숄을 두르고, 머리에는 금 머리핀을 꽂고, 온몸을 비단으로 휘감고 있었어요. 그 여자는 언제나 변함이 없었지요! 이번에도 배꼽을 잡고 웃고 있더군요. 그 영국인이 더듬거리는 스페인어로 숙녀분이 오렌지를 드시고 싶다니 좀 올라오라고 소리쳤습니다. 카르멘은 제게 바스크어로 얘기했습니다. "올라와요. 어떤 일이 있어도 놀라면 안 돼요."

사실 이제는 그녀가 무슨 짓을 하건, 제가 놀라지도 않을 터였습니다. 다시 그 여자를 찾아냈을 때 제게 슬픔보다 기쁨이 앞섰는지도 저는 모르겠어요. 문 앞에는 머리에 분칠을 한 키 큰 영국인 하인이 있었고, 그가 저를 멋진 살롱으로 안내했습니다. 카르멘이 곧 제게 바스크어로 말했어요. "스페인어는 한 마디도 모르는 척하세요. 그리고 나도 모르는 척해요." 그러고는 영국인을 향해 돌아서서, "제 말이 맞잖아요. 저는 처음부터 이 사람이 바스크 사람인 줄 알아봤다고요. 바스크어가 얼마나 이상한 말인지 들어보세요. 이 사람은 완전히 멍청해 보여요, 안 그래요? 찬장에서 들킨 도둑고양이 같네요." 이 말에 저도 바스크어로 그녀에게 말했습니다. "그러는 너는 뻔뻔한 바람둥이처럼 보여! 네 애인 앞에서 네 낯짝을 칼로 그어버리고 싶군." "애인이라고요?" 그녀가 말했습니다. "맙소사 혼자 그런 상상을 하다니요? 이 멍청이를 질투해요? 칸딜레호 거리에서 함께한 그 밤보다도 더 멍청해졌군요. 바보 양반, 내가 지금 집시 일을 보고 있다는 걸 모르겠어요? 그것도 아주 멋지게 하고 있단 말이죠. 이 집도 내 것이 되었고, '가재'(영국인)의 금화도 다 내 것이 될 거예요. 이 남자는 내 손에 있어요. 영영 못 돌아올 곳으로 이 사람을 끌고 갈 거예요."

"네가 집시 일을 이런 식으로 한다면, 다시는 이 일을 못하게 할 거야." 제가 그녀에게 말해줬지요.

"아이고 그럴까요? 내게 명령을 하려 들다니, 당신이 나의 '롬'(남편)이라도 되나요? 애꾸눈이 좋다는데 당신이 무슨 상관인가요? 나의 '민초로'[82](애인)라고 말할 수 있는 유일한 사람인 걸로 만족해야 하지 않나요?"

"이 남자가 뭐라는 거야?" 영국인이 물었습니다.

"목이 말라 물 한 잔 마시고 싶다네요." 카르멘이 대답했습니다. 그러더니 자기의 통역에 웃음을 터뜨리며 소파에 나자빠졌습니다.

---

82) 원주: 민초로(minchorrò): 나의 애인 혹은 나의 바람난 상대.

선생님, 그 여자가 웃으면 정신을 차릴 방법이 없답니다. 모두 그녀와 함께 웃게 되지요. 그 커다란 영국 녀석도 바보처럼 같이 웃기 시작했습니다. 그러더니 제게 마실 것을 좀 가져다주라고 했습니다.

제가 목을 축이는 동안 그녀가 말했습니다. "이 사람이 끼고 있는 반지 보여요? 원한다면 그걸 줄게요."

그 말에 저는 대답했습니다.

"각자 손에 마킬라 곤봉을 들고서 저 귀족과 산에 가서 겨룰 수 있다면, 내 손가락 하나라도 내놓겠어."

"마킬라라니 그게 무슨 뜻이지?" 영국인이 물었습니다.

"마킬라요? 그건 오렌지라는 뜻이에요." 여전히 웃으며 카르멘이 말했습니다. "오렌지의 의미로는 우스꽝스런 말이지요? 이 남자가 하는 말이 당신에게 마킬라를 맛보이고 싶다네요."

"그래? 그렇다면 내일도 마킬라를 가지고 오게나." 영국인이 말했어요. 이런 대화를 하던 중 하인이 들어와 저녁식사가 준비되었다고 했습니다. 그러자 그 영국인이 일어나서 제게 1 피아스터의 돈을 주고는 카르멘에게 팔을 내밀었습니다. 마치 그 여자가 혼자서는 걸을 수 없기라도 하는 것처럼 말이죠. 여전히 웃으면서 카르멘은 제게 말했어요. "이봐요. 오늘 저녁식사에는 당신을 초대할 수 없어요. 하지만 내일 열병식을 위한 북소리가 들리면 오렌지를 들고 여기로 와요. 칸딜레호 방보다 더 잘 꾸며진 방이 준비되어 있으니까요. 내가 여전히 당신의 카르멘시타인지 알게 될 거예요. 그리고 집시의 일도 의논해요." 저는 아무 대답도 하지 않았습니다. 거리로 나섰을 때 영국인이 소리쳤어요. "내일도 마킬라를 가져오라고!" 카르멘의 웃음소리가 들려왔습니다.

저는 어찌해야 좋을지 모른 채 나왔지만, 그 밤에는 거의 잠을 잘 수 없었습니다. 날이 밝았을 때는 저를 배신한 그 여자에게 너무 화가 나서, 다시 카르멘에게 들르지 않고 지브롤터로 돌아가겠다고 마음먹었습니다. 하지만 첫 북소리가 울리자마자 제 용기는 다 사라지고 말았습니다. 저는 오렌지 바구니를 챙겨서 카르멘이 있는 곳으로 달려갔습니다. 방의 덧문이 반쯤 열려있었는데, 그 여자의 커다란 검은 눈이 저를 살펴보는 걸 알 수 있었습니다. 머리에 분칠을 한 하인이 저를 곧장 안내했습니다. 카르멘은 그에게 심부름을 시켰고, 우리 둘만 남게 되자 특유의 위선적인 웃음소리를 내며 제 목을 끌어안았습니다. 그 여자는 그 어느 때보다 더 아름다워 보였습니다. 귀부인처럼 치장했고, 향수를 뿌렸고, 비단으로 덮인 가구에 수놓은 커튼까지… 아!… 하지만 저는 영락없는 도둑놈 차림새였습니다.

"'민초로'(내 사랑), 난 여기에 있는 것을 모두 다 부숴버리고 싶어요. 이 집에 불을 지르고 산으로 도망치고 싶다고요." 카르멘이 말했습니다. 그러더니 애무를 하고… 웃어 대고… 춤을 추면서 옷장식을 마구 찢었어요. 원숭이라도 이보다 더 뛰어대면서 온갖 표정에 야단법석을 떨지는 않았을 겁니다. 그러더니 정색을 하고 말하는 겁니다. "잘 들어요. 집시 일에 대해 말할게요. 나는 그 남자

한테 나를 론다로 데리고 가 달라고 할 거예요. 거기에는 수녀가 된 언니가 있으니까요….(이 말을 하고는 또 웃음을 터뜨렸지요.) 나중에 당신에게 알려주겠지만, 우리는 어느 장소를 지나서 갈 거예요. 당신들이 그 사람을 덮쳐서 완전히 다 털어버려요! 제일 좋은 방법은 죽이는 거겠지만." 이 말을 하면서 카르멘은 가끔씩 짓던 악마의 미소를 지었는데, 그건 누구도 흉내 내고 싶지 않을 그런 미소였습니다. "당신이 뭘 해야 할지 알아요? 애꾸눈을 앞장서게 해요. 당신은 조금 물러나 있고요. '가재'(영국인)는 용감한 데다 솜씨도 좋아요. 훌륭한 권총도 갖고 있고요… 알아듣겠어요?"… 또다시 웃음을 터뜨리느라 그녀는 말을 멈췄는데, 전 그 웃음에 소름이 끼쳤습니다.

"그건 안 돼. 나는 가르시아를 미워하지만 그래도 동료인걸. 언젠가 네게서 녀석을 떼어버리겠지만, 그 문제는 우리 고장 방식으로 처리할 거야. 나는 어쩌다 보니 집시가 된 거라고. 특정한 일에 대해서는 속담처럼 '언제나 정직한 나바르 사람'[83]으로 행동할 거야."

그녀가 말하더군요. "당신은 바보, 멍청이군요. 정말 '페이요'(이방인)네요.[84] 침을 멀리 뱉을 수 있으니 자기가 키가 크다고 믿는 난쟁이 같아요.[85] 당신은 나를 사랑하지 않나 봐요. 꺼져버려요."

---

83) 원주: Navarro fino(순수한 나바르 사람).
84) 여기서는 집시답지 못하다는 의미로 쓰임.
85) 원주: Or esorjié de or narsichislé, sin chismar lachinguel. 집시의 속담으로, '난쟁이의 약속이란, 침을 멀리 내뱉는 것이다.'라는 뜻.

그 여자가 꺼지라고 말하니, 저는 그녀를 떠날 수 없었습니다. 그래서 그곳을 출발한 후 동료들과 함께 돌아와 영국인을 기다리겠다고 약속하고 말았습니다. 그녀도 론다로 가기 위해 지브롤터를 떠날 때까지는 아픈 시늉을 하겠다고 약속했습니다. 저는 지브롤터에서 이틀을 더 머물렀습니다. 그 여자는 대담하게도 변장을 하고 제 숙소를 찾아오기도 했어요. 마침내 저는 그곳을 떠났습니다. 저 또한 나름의 계획이 있었지요. 저는 영국인과 카르멘이 지나가기로 한 장소와 시간을 알아내서 우리의 거점 장소로 돌아왔습니다. 거기서 저를 기다리고 있던 당카이레와 가르시아를 만났습니다. 솔방울이 멋지게 타오르는 모닥불 옆 숲에서 우리는 그 밤을 보냈습니다. 저는 가르시아에게 카드놀이를 하자고 제안했고, 그가 좋다고 했어요. 두 번째 판에서 제가 그자가 속임수를 쓴다고 했더니 그가 웃음을 터뜨리더군요. 저는 녀석의 얼굴에 카드를 내던졌습니다. 그가 자기 총을 집으려 했어요. 그래서 저는 그 총을 발로 밟고 말했습니다. "다들 네가 말라가 최고의 젊은이만큼 칼솜씨가 뛰어나다는데 나랑 한번 겨뤄볼 테야?" 당카이레는 우리 둘을 떼어놓으려고 했지만, 제가 두세 번 주먹으로 가르시아를 쳤습니다. 화가 난 가르시아도 용기를 냈어요. 칼을 뽑아 든 겁니다. 저 또한 칼을 뽑았습니다. 우리 둘 다 당카이레에게 정정당당하게 겨루게 해달라고 했습니다. 막을 길이 없다고 판단한 당카이레는 멀찌감치 뒤로 물러섰습니다. 가르시아는 생쥐를 공격하는 고양이처럼 허리를 굽히고 자세를 취했습니다. 그자는 겨루기 위해 왼손으로 모자를 쥐고, 앞으로 칼을 내밀었습니다. 안달루시아식 방어자세를 취한 거지요. 저는 나바르식 자세를 취했습니다. 그 녀석 맞은편에 꼿꼿이 서서 왼팔을 올리고, 왼발을 앞으로 내밀고, 칼을 오른쪽 허벅지에 붙였습니다. 저 스스로 거인보다 더 강하다고 느꼈지요. 그자가 쏜살같이 제게 덤벼들었습니다. 저는 왼발로 몸을 틀었기에, 녀석 앞에는 아무것도 없었습니다. 반면에 저는 그자의 목을 공격했습니다. 칼이 너무 깊이 들어가서 제 손이 그의 턱 밑에까지 닿았습니다. 제가 칼날을 너무 세게 돌리는 바람에 칼이 부러졌습니다. 끝장난 거지요. 사람 팔뚝만큼이나 굵은 핏줄기가 솟구치는 상처로부터 칼날이 떨어져 나왔습니다. 그자는 땅에 코를 박으며 쓰러졌고 말뚝처럼 뻣뻣해졌습니다.

"자네 지금 무슨 짓을 한 건가?" 당카이레가 제게 말했습니다. "제 말 좀 들어보세요." 제가 그에게 대답했습니다. "저희는 둘 다 살 수는 없어요. 제가 카르멘을 사랑하는데, 저 혼자서만 사랑하고 싶거든요. 게다가 가르시아는 악당이에요. 그자가 가여운 레멘다도에게 한 짓이 아직도 생생해요. 이제 우리 둘만 남았네요. 하지만 둘 다 괜찮은 사람이니, 저를 생사고락을 함께할 친구로 받아줄래요?" 당카이레가 제게 손을 내밀었습니다. 그 사람은 50세 정도 되었습니다. "사랑 따위는 지옥 불에나 던져버리라지." 그가 소리쳤습니다. "자네가 카르멘을 달라고 했다면, 그자는 1 피아스터에도 팔았을 걸세. 이젠 우리 둘만 남았군. 그럼 내일은 어찌해야 하겠나?" "저 혼자 다 할게요. 지금으로서는 이 세상에 신경 쓸 게 하나도 없으니까요." 저는 대답했습니다.

우리는 가르시아를 묻었고, 거기서 200 걸음 정도 떨어진 곳에 야영지를 잡았습니다. 다음 날 카르멘과 영국인은 노새 몰이꾼 두 명과 하인 하나를 데리고 지나갔습니다. 저는 당카이레에게 말했습니다. "영국인은 제가 맡을게요. 다른 사람들을 위협만 하세요. 그들은 무기가 없어요." 그 영국인은 용기 있는 사람이었습니다. 카르멘이 팔로 밀지 않았다면, 그자가 저를 죽였을 겁니다. 어찌 되었건 저는 그날 카르멘을 다시 차지했습니다. 제가 그녀에게 한 첫마디는 과부가 되었다는 것이었습니다. 자초지종을 설명했더니 그녀가 제게 말하더군요. "당신은 여전히 '릴리펜디'(바보)군요. 가르시아가 당신을 죽일 수도 있었어요. 당신의 나바르식 자세는 어설프거든요. 가르시아는 당신보다 유능한 사람을 여럿 처치한 적 있어요. 그의 때가 와서 죽은 것뿐이에요. 당신의 때도 올 거예요." 그래서 저도 대꾸했습니다. "너도 마찬가지야. 만일 내 진짜 '로미'(부인)가 되지 않는다면 말이지." "좋고 말고요. 커피 점에서 우리가 함께 죽을 팔자라고 여러 번 나왔어요. 체! 하늘의 뜻에 따를 밖에요." 이렇게 말하더니 그녀는 캐스터네츠를 치기 시작했습니다. 뭔가 성가신 생각을 떨쳐버리고 싶을 때면 언제나 그렇게 했지요.

자기 얘기를 하다 보면 자제심을 잃기 마련입니다. 선생님께 이렇게 자세히 늘어놓다니, 지루하셨겠어요. 이제 곧 끝맺을게요. 우리의 이런 생활은 꽤나 오래 지속되었습니다. 당카이레와 저는 이전보다 더 확실한 녀석을 몇 명 포섭하여 밀수업을 꾸려나갔습니다. 그리고 솔직히 말씀드려서 노상강도질도 몇 번 했는데, 그건 정말 궁지에 몰려서 다른 방도가 없을 때뿐이었습니다. 그때도 행인을 괴롭히지는 않고, 돈만 빼앗았지요. 처음 몇 달 동안 저는 카르멘에게 만족했습니다. 그 여자는 우리 일에 여전히 쓸모가 있었어요. 할 만한 좋은 일거리들을 알려주었거든요. 그녀는 말라가, 코르도바, 그라나다 등지를 두루 다녔습니다. 하지만 제 말 한마디면, 만사를 제쳐놓고 외딴 여관이건 야영지건 저를 보러 와주었습니다. 딱 한 번 말라가에서, 저를 걱정시킨 적이 있어요. 아주 부자인 어떤 도매상에게 그 여자가 눈독을 들이고 있다는 걸 제가 알게되었습니다. 지브롤터에서 했던 장난을 다시 하려 했던 것 같아요. 한사코 당카이레가 말렸지만 저는 일행을 떠나 대낮에 말라가로 갔습니다. 거기서 카르멘을 찾아서 곧바로 데리고 와버렸지요. 우리는 심하게 말다툼을 했습니다. 그녀가 제게 말하더군요. "당신이 진짜 나의 '롬'(남편)이 된 이후로, '민초로'(애인)였을 때보다 내가 당신을 덜 사랑한다는 걸 알아요? 난 괴롭힘을 당하기도 싫고, 특히 명령받는 건 정말 싫어요. 내가 바라는 건 언제나 자유로운 것, 그리고 하고 싶은 걸 하는 거예요. 날 궁지에 몰아넣지 않도록 조심해요. 만일 나를 귀찮게 하면, 당신이 애꾸눈에게 했던 것을 똑같이 당신에게 할 그런 녀석을 찾아낼 테니까요."

당카이레가 우리를 화해시켰습니다. 하지만 우리는 서로의 마음에 남는 이야기를 이미 해버렸고, 그래서 예전 같을 수 없었습니다. 그로부터 얼마 지나지 않아 불행이 닥쳤습니다. 군대가 저희를 기습했거든요. 당카이레도 다른 동료 두 명도 죽었습니다. 또 다른 두 명은 체포되었고요. 저는 심한 부상을 입었습니다. 제 훌륭한 말이 없었다면 저도 군인들에게 잡혔을 겁니다. 피로로 기진맥진한 데다가 몸에 총알이 박힌 채로, 저는 단 하나 남은 동료와 함께 숲 속에 들어가 숨었습니다. 말에서 내리며 기절했는데, 나도 총 맞은 토끼처럼 이 덤불에서 죽겠구나라는 생각이 들더군요. 동료는 우리가 알고 있던 동굴에 저를 데려다 놓고 카르멘을 찾으러 나섰습니다. 그라나다에 있던 그녀가 곧바로 달려와 주었습니다. 보름간 단 한 순간도 떠나지 않고 그녀는 저를 지켰습니다. 눈도 붙이지 않고 간호해주었지요. 이제껏 세상 어떤 여인이라도 사랑하는 사람을 위해 보여준 적 없을 그런 솜씨와 정성으로 저를 간호했어요. 제가 거동할 수 있게 되자 그녀는 매우 비밀리에 저를 그라나다로 데리고 갔습니다. 집시 여인은 어디에서건 확실한 은신처를 찾아내지요. 저를 찾으려 애쓰는 시장의 집에서 문 두 개만 지나면 있는 어떤 집에서 저는 6주도 넘게 지냈습니다. 덧문 너머로 시장이 지나가는 것을 본 적도 몇 번이나 있었지요. 마침내 저는 회복되었습니다. 병석에 누워있는 동안 곰곰이 고민해 보니, 이제는 이 생활을 바꿔야겠다는 생각이 들었어요. 저는 카르멘에게 스페인을 떠나 신세계[86]에 가서 정직하게 살 길을 찾아보자고 말했습니다. 그녀가 저를 비웃으며 말했습니다. "우리는 양배추나 심도록 태어나지는 않았어요. 우리의 운명은 '페이요'(이방인)를 벗겨 먹는

---

86) 미국을 의미함.

거랍니다. 자, 내가 지브롤터의 나탄 벤 조세프와 일을 하나 꾸며 놓았어요. 당신이 밀수해야 할 면제품이 있다네요. 그는 당신이 살아 있는 걸 알아요, 당신만 믿고 있어요. 만일 당신이 믿음을 저버리면 지브롤터의 거래꾼들이 뭐라고 하겠어요?" 저는 또 그 일에 끼어들었고, 그 못된 장사를 다시 하게 되었습니다.

제가 그라나다에 숨어 지낼 때 투우 경기가 있어서 카르멘이 보러 간 적이 있습니다. 경기를 보고 온 그녀가 루카스라는 이름의 아주 뛰어난 투우사[87]에 대해 부쩍 이야기를 하더군요. 그가 타는 말의 이름부터 수놓인 조끼의 값이 얼마인지까지 알고 있더라고요. 저는 그때는 별로 신경 쓰지 않았습니다. 그런데 며칠 뒤살아남은 동료인 후아니토가 카르멘이 루카스와 함께 자카틴의 어느 가게에 있는 것을 보았다고 말해주었습니다. 그래서 경계하기 시작하여 카르멘에게 물었습니다. 어떻게 그 투우사를 알게되었고 또 왜 알려고 했는지를 말이죠. 이렇게 대답하더군요. "그 사람은 일을 같이 할 만한 사람이라고요. 소리가 나는 강물에는 물이 있든가 조약돌이 있는 법이에요.[88] 그 남자는 투우에서 1200

---

87) 원어로는 피카도르(picador)이다. 사실 우리는 통칭하여 투우사라는 표현을 쓰지만, 투우사에도 피카도르, 반데릴레로, 마타도르 등 여러 종류가 있다. 피카도르는 말을 타고 창으로 소를 찌르는 기마 투우사이고, 반데릴레로는 작살을 꽂는 투우사이며, 마타도르는 주역 투우사로 소의 최후를 담당하는 칼을 든 투우사이다. 소설 속 투우사인 루카스는 주역 투우사가 아닌 비중이 약한 피카도르 투우사이지만, 오페라에서는 투우사의 비중이 매우 커진다. 오페라 속 투우사 에스카미요는 승리의 투우사 마타도르이며, 음악적 관점에서 메조소프라노인 카르멘과 짝을 이루는 바리톤으로 설정된다.

88) 원주: Len sos sonsi abela
    Pani o reblendani terela. 집시 속담.

레알[89]이나 벌었대요. 둘 중 하나예요. 그 돈을 빼앗거나, 아니면 말도 잘 타고 용기도 있는 그 사람을 우리 편에 끌어들이거나. 이 래저래 죽은 사람들 대신 보충할 사람이 필요하잖아요. 그 남자를 우리 편에 넣어줘요."

저는 대답했습니다. "나는 그자의 돈도, 그 녀석도 원치 않아. 지금부터 그 녀석과 말하는 건 금지야." 그러자 그녀가 말하더군요. "조심해요. 나한테 무언가 하지 말라고 금지하면, 그건 금방 이루어진다고요."

다행히 그 투우사는 말라가로 떠나버렸습니다. 저는 유태인의 면제품 들여오는 일을 하게 되었고, 그 작업을 하는 데 신경 쓸 일이 많았어요. 카르멘도 마찬가지였고요. 그래서 저는 루카스를 잊었습니다. 어쩌면 카르멘도 잠시 그 남자를 잊어버렸던 것 같아요. 바로 그 무렵에 제가 선생님을 만났었지요. 첫 번째는 몬티야 근방에서, 그 다음에는 코르도바에서였지요. 두 번째 만남에 대해서는 말씀드리지 않을게요. 선생님께서 어쩌면 저보다 더 자세히 알고 계실 테니까요. 카르멘이 선생님의 시계를 훔쳤지요. 그 여자는 선생님의 돈도 훔치고 싶어 했어요. 특히 지금 선생님께서 끼고 계신 반지를 탐냈습니다. 그녀가 하는 말이 그 반지는 마법의 반지라서 그걸 갖는 것이 자기한테 아주 중요하다더군요. 우리는 심하게 싸웠고, 제가 그 여자를 때리고 말았습니다. 그녀가 창백해지며 울더군요. 카르멘이 우는 모습을 본 것은 그때가 처음이었습니다. 마

---

89) 레알: 옛 스페인의 은화로, 1/4 페세타이다.

음이 매우 안 좋았습니다. 그래서 그녀에게 사과했지요. 하지만 카르멘은 하루 종일 토라져서는, 제가 몬티야로 다시 떠나는데도 키스조차 해주지 않았습니다. 저는 가슴이 아팠어요. 그로부터 사흘 후에 그녀가 웃으며 방울새처럼 매우 명랑해져서 저를 찾아왔습니다. 모든 걸 잊고 우리는 막 사랑에 빠진 연인처럼 지냈습니다. 헤어질 때 그녀가 제게 말했습니다. "코르도바에서 축제가 있어서 보러 갈게요. 돈을 많이 갖고 떠나는 자들을 알게 될 테니, 당신한테 말해 줄게요." 저는 그녀를 그렇게 떠나보냈습니다. 혼자 남은 저는 그 축제에 대해서, 그리고 카르멘의 기분이 바뀐 것에 대해서 생각해보았어요. 이런 생각이 들었습니다. '그 여자가 내게 먼저 왔다는 것은 이미 내게 복수를 했다는 의미야.' 코르도바에서 투우 경기가 있다고 어떤 농부가 알려주더군요. 피가 부글부글 끓어올랐습니다. 그래서 미친 사람처럼 즉시 떠나 그곳으로 달려갔지요. 사람들이 루카스가 누구인지 제게 알려주었습니다. 울타리 앞 의자에 있는 카르멘이 보였습니다. 그 여자를 단 일 분만 쳐다보아도 사태의 진상을 파악할 수 있었습니다. 예상했던 것처럼, 첫 번째 황소가 등장하자마자 그 남자가 유혹의 행동을 하더군요. 남자는 황소의 '리본[90]'을 떼어서 카르멘에게 주었고, 이를 받자마자 카르멘이 머리에 달았습니다. 황소가 제 대신 복수를 해주었습니다. 루

---

90) 원주: 리본(la cocarde): La divisa. 매듭이 있는 리본. 리본의 색으로 그 황소가 어느 목장에서 자란 소인지 구분한다. 이 리본은 작은 갈고리를 사용하여 소의 등가죽에 고정되어 있다. 살아있는 소에서 그 리본을 떼어 여인에게 가져다주는 것은 여인에게 환심을 사는 최고의 행위로 여겨진다.

카스는 곤두박질쳐서 말 밑에 깔렸고, 그 위에 또 황소가 올라탔으니까요. 저는 카르멘을 보려 했지만, 그녀는 이미 자리를 뜨고 없었습니다. 제 자리에서는 빠져나올 방법이 없어서, 저는 투우 경기가 끝날 때까지 기다려야만 했습니다. 그리고 나서 저는 선생님께서도 아시는 그 집으로 갔지요. 저녁 내내, 그리고 밤이 늦도록 아무 말 않고 가만히 있었습니다. 새벽 두 시경에 카르멘이 돌아오더군요. 저를 보더니 조금 놀라는 것 같았어요. 제가 그녀에게 말했습니다. "나랑 같이 가자."

"좋아요. 함께 가요." 저는 말을 가지러 갔습니다. 그녀를 뒤에 태우고, 한마디 말도 없이 밤새도록 말을 몰았습니다. 새벽녘에 우리는 어떤 외딴 여인숙에 도착했습니다. 근처에 작은 암자도 있었지요. 거기서 저는 카르멘에게 말했습니다.

"내 말 좀 들어봐. 지난 일은 다 잊어버릴게. 아무 말도 안 할게. 대신 한 가지만 약속해 줘. 나랑 같이 미국으로 떠나자. 거기에 가서 우리 조용히 살자."

"싫어요." 뾰로통하며 그녀가 대답했습니다. "미국에 가고 싶지 않아요. 난 여기가 좋아요." "루카스가 옆에 있어서 그런 거지? 하지만 잘 생각해봐. 그자가 몸이 회복되어봤자 오래 살 팔자는 아니야. 게다가 왜 그를 탓하겠어? 네 애인을 죽이는 건 이젠 지긋지긋하니까. 이번에는 너를 죽일 거야."

그 여자는 사나운 눈초리로 저를 쳐다보며 말했습니다.

"당신이 나를 죽이게 될 거라고 늘 생각했어요. 당신을 처음 보던 날, 우리 집 문 앞에서 신부님과 마주쳤거든요. 그리고 어젯밤 코르도바를 떠날 때 당신은 아무것도 못 봤나요? 토끼 한 마리가 당신 말발굽 사이를 지나 길을 건넜어요. 운명이 정해진 거예요."

"카르멘시타, 이젠 나를 사랑하지 않아?" 저는 그녀에게 물었습니다.

그 여자는 아무 대답도 하지 않았습니다. 돗자리 위에 다리를 꼬고 앉아 손가락으로 땅에 무언가를 그리기만 했습니다.

"카르멘, 우리 삶을 좀 바꿔보자. 우리가 언제나 헤어지지 않아도 되는 곳에 가서 살자. 너도 알다시피 여기서 멀지 않은 떡갈나무 밑에 120 온스나 되는 금화를 묻어 두었잖아. 또 유태인 벤 조세프에게 맡겨둔 돈도 있고." 저는 애원하는 말투로 말했습니다. 하지만 그 여자는 웃으며 대답하더군요.

"내가 먼저고, 그 다음이 당신 차례예요. 난 그렇게 될 거란 걸 알 수 있어요."

"잘 생각해봐. 난 이제 인내심도 용기도 바닥이 났어. 결정을 해. 아니면 내가 결심할 거야."

저는 이렇게 말하고 그녀를 떠나 암자 근처에 산책하러 갔습니다. 기도하는 수도사가 보였습니다. 그의 기도가 끝나기를 기다렸어요. 저도 기도하고 싶었지만 그럴 수 없었습니다. 그가 자리에서 일어났을 때 저는 다가가 말했습니다.

"신부님, 커다란 위험에 처한 사람을 위해 기도해주시겠습니까?"

"저는 고통 받는 모든 분을 위해 기도한답니다." 그가 말했습니다.

"곧 주님 앞으로 가게 될 한 영혼을 위해 미사를 올려줄 수 있나요?"

"네." 저를 물끄러미 바라보며 그가 대답했습니다. 제 행동이 뭔가 이상해보였는지 그는 제게 말을 시키고 싶어 하며 말했습니다.

"어디선가 당신을 본 것 같아요."

그가 앉아 있던 의자에 1 피아스터를 올려놓으며 제가 물었습니다.

"언제쯤 미사를 올려줄 수 있나요?"

"30분 후면 올릴 수 있어요. 저기 있는 여인숙 집 아들이 미사를 도와주러 올 거예요. 젊은이, 내게 말해 봐요. 뭔가 당신을 괴롭히는 것이 마음에 있지요? 기독교인의 충고를 들어보지 않을래요?"

저는 울음이 터질 것만 같았습니다. 그래서 곧 돌아오겠다고 말하고 거기서 도망쳐 나왔지요. 저는 풀밭에 가서 종소리가 들릴 때까지 누워 있었습니다. 종소리에 예배당 근처까지 갔지만, 들어가지 않고 밖에 있었습니다. 미사가 끝난 후 저는 여인숙으로 되돌아갔습니다. 내심 카르멘이 도망쳤기를 바랐지요. 제 말을 타고 도망갈 수 있었으니까요…. 하지만 카르멘은 거기에 있었습니다. 자기가 저한테 겁을 먹었다는 소리를 듣고 싶지 않았던 것 같아요. 제가 없는 동안 그녀는 옷의 가장자리를 풀어서 납을 빼내었더군요. 이제는 테이블 앞에 앉아서 물이 가득 찬 항아리에 자기가 막 집어

넣은 녹인 납을 들여다보고 있었습니다. 그녀는 마법의 점에 너무 열중해서 처음에는 제가 돌아온 줄도 몰랐습니다. 때로는 납 조각 하나를 집어서 슬픈 표정으로 그 조각을 사방으로 저었다가, 때로는 뭔가 마법의 노래를 불렀습니다. 그 노래는 돈 페드로의 애인이 었던 마리 파디야[91]를 불러내는 노래였습니다. 마리 파디야는 '바리 크라이사', 즉 집시들의 위대한 여왕이었다고 여겨진답니다.

저는 카르멘에게 말했습니다. "카르멘, 나랑 같이 가줄래?"

그 여자는 자리에서 일어나 나무 그릇을 던지더니, 떠날 준비를 하듯 만틸라 숄을 머리에 둘렀습니다. 말을 가져다가 카르멘을 안 장 뒤에 태워 우리는 함께 그곳을 떠났습니다.

조금 가다가 제가 그녀에게 말했습니다. "그러니까 나의 카르 멘, 나를 따르겠다는 거지? 그렇지?"

"나는 죽는 곳까지 당신을 따라갈 거예요. 하지만 이제는 당신 과 함께 살지는 않을 거예요."

우리는 외딴 골짜기에 다다랐습니다. 저는 말을 멈춰 세웠습니 다. "여긴가요?" 그녀가 물었습니다. 여자는 단번에 땅으로 뛰어내 렸습니다. 만틸라 숄을 벗어서 바닥에 던지더니 한쪽 주먹을 허리 에 대고서, 꼼짝도 않고 저를 뚫어지게 쳐다보더군요.

"나를 죽이려는 거잖아요. 나도 다 알아요. 그게 운명이에요. 하

---

91) 원주: 마리 파디야: 마리 파디야는 돈 페드로 왕에게 마법을 걸었다는 비난을 받는 인물이다. 민간 속설에 의하면 이 여자는 블랑시 드 부르봉 왕비에게 금으로 만든 허 리띠를 선물했다고 한다. 그런데 그 허리띠가 마법에 걸린 왕의 눈에는 살아 있는 뱀 으로 보였다는 것이다. 그러한 이유로 왕은 그 불행한 왕비를 언제나 몹시 싫어했다 고 전해진다.

지만 내 뜻을 바꿀 수는 없어요."

"제발 부탁이야. 좀 이성적으로 생각해. 내 말을 잘 들어봐. 과거는 모두 잊었어. 하지만 너도 알다시피 내 인생을 망친 건 바로 너야. 너 때문에 나는 강도도 되고, 살인자도 되었다고. 카르멘! 나의 카르멘! 내가 너를 구하게 해줘. 그래서 너와 함께 나도 구하게 해줘." 저는 애원했습니다. 하지만 그녀는 대답하더군요.

"호세! 당신은 내게 불가능한 걸 요구하고 있어요. 난 이제 더 이상 당신을 사랑하지 않아요. 하지만 당신은 아직도 나를 사랑하고, 그래서 나를 죽이려는 거예요. 내가 거짓말로 당신을 속일 수도 있지요. 하지만 그러고 싶지 않아요. 우리 사이 모든 것은 다 끝났어요. 나의 '롬'(남편)이니까, 당신은 '로미'(아내)를 죽일 권리가 있어요. 하지만 카르멘은 언제나 자유로울 거예요. '칼리'(집시)[92]로 태어나 '칼리'(집시)로 죽을 거예요."

"그럼 너는 루카스를 사랑하니?" 제가 물었습니다.

"그래요, 잠시 동안이지만 그를 사랑했어요. 당신을 사랑했던 것처럼요. 아마도 당신보다는 덜. 하지만 지금은 아무도 사랑하지 않아요. 그리고 당신을 사랑했던 내 자신이 미워요."

저는 카르멘의 발치에 무릎을 꿇었고, 그녀의 손을 잡아 제 눈물로 적셨습니다. 그리고 우리가 함께했던 그 모든 행복한 순간을 상기시켰습니다. 그녀가 원한다면 산적으로 남겠다고도 했습니다. 선생님, 정말 모든 것을 바치겠다고 했습니다. 모든 것을요! 계속

---

92) 칼리: 집시들이 스스로를 지칭하는 표현으로 검은 인간이라는 뜻이다.

해서 저를 사랑해주기만 한다면 모든 것을 다 바치겠다고요. 하지만 그녀는 말했습니다.

"앞으로도 당신을 사랑하는 건 불가능해요. 나는 이제 당신과 함께 살고 싶지 않아요."

저는 화가 치밀어 올랐습니다. 그래서 칼을 뽑아 들었습니다. 그 여자가 겁을 먹고 제게 용서를 구하기를 바랐어요. 하지만 그 여자는 악마였습니다.

"마지막으로 묻는 거야. 내 곁에 있을 거지?" 제가 소리쳤습니다.

"아니요! 싫어요! 싫다고요!" 발을 동동 구르며 그녀가 말했습니다. 그러더니 손가락에 끼고 있던 제가 준 반지를 빼서 덤불 속으로 던져버렸습니다.

저는 그 여자를 두 번 찔렀습니다. 그 칼은 애꾸눈의 칼이었어요. 제 칼이 부러져서 그 칼을 챙겨두었거든요. 두 번째로 찔렀을 때 그녀는 소리치지도 않고 쓰러졌습니다. 저를 뚫어지게 바라보던 그 커다란 검은 눈이 지금도 제 눈앞에 생생하네요. 그 눈은 흐릿해지더니 감겨버렸습니다. 저는 시신 앞에서 한 시간가량을 넋을 잃고 서있었습니다. 그러다가 카르멘이 자기는 죽으면 숲에 묻히고 싶다고 말했던 사실이 떠올랐습니다. 저는 칼로 구덩이를 파서 그곳에 그녀를 내려놓았습니다. 한참 동안 반지를 찾았고, 마침내 발견했습니다. 구덩이의 그녀 곁에 작은 십자가와 함께 그 반지를 넣었습니다. 어쩌면 그건 제가 잘못한 것 같네요. 그 후 저는 말을 타고 코르도바까지 급히 달려가 제일 첫 경비대에서 자수했습니다. 제가 카르멘을 죽였다고 말했지요. 하지만 그 여자의 시신이 어디에 있는지는 알리고 싶지 않았습니다. 그 수도사는 정말 성스러운 분이었어요. 그녀를 위해 기도해주었거든요! 그녀의 영혼을 위해 미사를 올려준 겁니다…. 불쌍한 사람! 그 여자를 그렇게 길렀으니 '칼레'(집시들)가 잘못한 거지요.

4장[93]

　'보헤미안, 히타노스, 집시, 치고이너' 등의 이름으로 알려진 유랑민들은 유럽 전역에 흩어져 있으며, 스페인은 오늘날에도 여전히 그 유랑민이 많이 살고 있는 나라 중 하나이다. 유랑민 대다수가 스페인의 남부와 동부 지방, 즉 안달루시아, 에스트레마두라, 무르시아 왕국 등지에 살고 있다. 아니 유랑생활을 하고 있다. 카탈루냐 지방에도 상당수가 있다. 카탈루냐에 있는 이들은 종종 프랑스로 넘어온다. 남프랑스의 모든 장터에서 그들을 만날 수 있다. 대체로 남자들은 말 장수, 수의사, 노새 털 깎기 등의 직업을 갖고 있다. 그 외에도 냄비나 구리로 된 연장을 수선한다. 밀수와 그 외의 온갖 불법을 저지르는 건 말할 것도 없다. 여자들은 점을 치거나, 구걸을 하거나, 유해 무해한 온갖 종류의 약을 판다.

---

93) 4장은 1845년에 처음 소설이 발표되었을 때는 없었다. 그러다가 1847년에 4장이 추가되었다.

집시의 신체적 특징은 글로 묘사하는 것보다 실제로 보고 구분하는 것이 더 쉽다. 단 한 명의 집시를 본 적이 있어도, 천 명 가운데서 이 종족의 사람을 찾아낼 수 있을 정도다. 이들의 얼굴 생김새와 표정은 같은 나라에 살고 있는 다른 이들과 구별된다. 낯빛은 매우 구릿빛으로 같은 고장의 다른 이들보다 언제나 더 검은 편이다. 이런 이유로 '칼레'[94]라는 이름이 유래되었다. '칼레'란 검은 사람들이라는 뜻으로, 이들이 자신을 지칭하는 말이다. 이들의 눈은 매우 치켜 올라갔고, 눈꼬리가 째져 있으며, 눈이 매우 검고, 길고 짙은 속눈썹으로 덮여 있다. 그 시선은 야수의 시선에만 비교할 수 있을 것이다. 대범함과 소심함이 동시에 어려 있는 이들의 눈은 자기 종족의 특징을 잘 드러낸다. 교활하고 대담하지만, 파뉘르주[95]처럼 천성적으로 공격받기를 두려워하는 것이다. 대체로 남자는 몸매가 좋고 날씬하며 민첩하다. 내 기억에 살이 찐 남자를 한 명도 본 적이 없는 것 같다. 독일에 사는 집시 여인은 대체로 매우 미인이다. 하지만 스페인의 '히타나'(집시 여인) 중에는 미인이 매우 드물다. 그나마 젊었을 때는 못생겨도 매력적이지만, 아이를 낳고 엄마가 된 후에는 꼴불견이 된다. 또한 남자건 여자건 믿기 어려운 정도로 더럽다. 중년인 집시 여인의 머리카락을 실제로 본 적

---

94) 원주: 칼레(Calés): 내가 보기에 독일의 집시들은 칼레라는 말을 잘 알고는 있지만, 그렇게 불리는 것은 싫어하는 것처럼 보였다. 그들은 스스로를 로마네 차베(Rommané tchavé)라고 부른다.

95) 파뉘르주(Panurge): 라블레(Rabelais, 1495~1553)의 소설 『팡타그뤼엘(Pantagruel)』에 등장하는 인물. 교활하고, 난폭하고, 나쁜 짓 하기를 좋아하지만, 매우 겁쟁이로 팡타그뤼엘의 식객이다.

이 없다면 상상조차 못할 정도이다. 엄청나게 뻣뻣하고 기름지며 먼지투성이의 말갈기를 상상해도 소용없다. 안달루시아의 대도시에서는, 그나마 더 매력적인 집시 아가씨들이 신경 써서 몸을 치장한다. 그런 아가씨들은 돈을 받고 춤을 추러 다니는데, 그 춤은 프랑스 사육제의 무도회에서 금지된 춤과 아주 비슷하다. 영국인 선교사로 스페인 집시에 관해 매우 흥미로운 책을 두 권이나 저술한 보로 씨는 성서협회 기금으로 집시들을 개종시키려고 했는데, 집시 여인이 자기 종족이 아닌 외부 남자에게 마음을 주는 경우는 없다고 주장했다. 하지만 내 생각에는, 집시 여인의 정절에 관한 그 찬사는 매우 과장되었다. 그 이유는 우선 대다수의 여인이 오비디우스가 말한 추녀―아무도 구애하지 않아 정절을 지키는 경우[96]―에 해당되기 때문이다. 예쁜 집시의 경우에는 다른 스페인 여자들처럼, 매우 까다롭게 애인을 고른다. 그들의 마음에 들어야 하고, 그들의 사랑을 받을 만해야 한다. 보로 씨는 집시 여인들에게 그런 덕성이 있다는 증거로 다음 사례를 인용하는데, 이는 보로 씨의 미덕을, 특히 그의 순진함을 보여준다. 그는 자기가 아는 어떤 난봉꾼이 어느 예쁜 '히타나'(집시 여인)에게 여러 번 온스 금화를 주려 했지만 소용없었다고 했다. 내가 이 이야기를 안달루시아 사람에게 말했더니, 난봉꾼이 그 여인에게 2~3 피아스터 동전을 주었다면 성공 가능성이 더 높았을 것이라고 주장했다. 집시에게 온

---

96) Casta quam nemo rogavit: 로마의 시인 오비디우스의 『사랑의 노래』 1권 8장에 있는 문구로, '아무도 구애하지 않는 경우라면, 그 여자는 정절을 지킬 수 있다.'

스 금화를 주는 것은 마치 여관집 하녀에게 일이백만 피아스터를 주겠다고 하는 식의 서투른 접근방법이었다는 것이다. 어찌 되었건 '히타나'(집시 여인)들이 남편에게 각별히 헌신한다는 건 확실하다. 곤경에 빠진 남편을 구하기 위해서라면, 그들이 기꺼이 감수하지 않을 위험이나 불행은 없다. 집시들이 스스로를 부르는 말 중에 '로메', 즉 부부라는 말이 있는데, 내 생각에 이 말은 이 종족이 결혼 상태를 존중함을 증명해주는 것 같다. 일반적으로 이들에게 가장 중요한 미덕은 조국애라고 할 수 있다. 그들이 동일 혈통의 사람들과의 관계에서 지키는 신의, 열심히 서로를 돕는 것, 위험한 사업을 하면서 비밀을 엄수해주는 것 등을 조국애라고 부를 수 있다면 말이다. 사실 모든 비밀 조직이나 법망을 벗어난 경우에서, 이와 유사한 일은 흔히 일어나는 법이다.

몇 달 전 나는 보주 지방에 거주하는 집시 무리를 방문한 적이 있다. 이 무리 중 가장 연장자인 한 노파의 오두막에는 죽을병에 걸린 어떤 집시가 가족이 아닌데도 함께 살고 있었다. 그는 자신을 극진히 간호해 주는 병원에서 나와서, 자기 종족들이 있는 곳에서 죽기 위해 와 있었다. 13주 전부터 그 집에 드러누운 이 남자는 같은 집에 사는 그 집의 아들이나 사위보다도 더 융숭한 대접을 받고 있었다. 그는 매우 하얀 시트에 짚과 이끼를 넣은 좋은 침대를 차지하고 있었다. 반면에 열한 명이나 되는 나머지 가족은 1 미터도 안되는 길이의 널빤지 위에서 모두 함께 잠을 잤다. 이들은 이 정도로 호의를 베푼다. 손님을 그토록 보살피는 그 노파가 바로 병자 앞에서 내게 이렇게 말했다. "싱고, 싱고, 홍테 히 물로.[97] 조금 있으면, 조금 있으면, 이 사람은 죽어요." 그러니까 이들의 삶은 너무나 비참하여, 죽음의 예고조차 그들에겐 조금도 무서운 것이 아니었다.

집시의 특성 중 눈에 띄는 것은 이들이 종교에 대해 무관심하다는 점이다. 강한 정신의 소유자라거나 회의론자라는 의미가 아니다. 그들은 결코 무신론을 천명한 적이 없다. 그러기는커녕 현재 살고 있는 나라의 종교를 자신의 종교로 삼는다. 하지만 나라를 옮길 때마다 종교 또한 바꾼다. 교양 없는 사람들은 종교 감정 대신 미신을 믿는 경우가 많은데, 이들은 미신에도 관심이 없다. 사실 다른 사람을 믿지 않음으로써 자신의 생계를 이어가는 이 사람들이 어떻게 미신을 믿겠는가. 이렇게 미신을 믿지 않지만, 스페인에 사는 집시들이 시체를 만지는 것만은 몹시 꺼리는 것을 나는 알게 되었다. 돈을 준다고 해도, 시체를 무덤으로 운반하는 일을 하려는 사람은 거의 찾을 수 없다.

대다수의 집시 여인이 점을 친다고 나는 앞에서 말한 바 있다. 그것도 꽤나 잘 친다. 하지만 가장 큰 돈벌이 수단은 부적과 사랑의 미약을 파는 것이다. 변덕스러운 애인의 마음을 붙잡기 위해 두꺼비 다리를 매어 놓기도 하고, 무정한 사람들을 서로 사랑하게 만들기 위해 자석 가루를 사용하기도 한다. 그뿐 아니라 필요하다면 악마의 도움을 받게 만드는 강력한 주술을 쓰기도 한다. 작년에 한

---

97) Singo, Singo, homte hi mulo.

스페인 부인이 내게 다음과 같은 이야기를 들려주었다. 어느 날 그 부인이 몹시 슬프고 걱정이 가득하여 마드리드의 알칼라 거리를 지나는데, 길바닥에 쭈그리고 앉아 있던 어떤 집시 여인이 자기에게 이렇게 소리쳤다고 한다. "아름다운 부인, 애인이 당신을 배반했군요." 사실이 그랬다. "부인, 그 사람을 돌아오게 해드릴까요?" 그 부인이 이 제안을 얼마나 기쁘게 받아들였을지, 또 첫눈에 마음속 비밀을 꿰뚫어 본 여자를 얼마나 신뢰했을지 쉽게 짐작할 수 있을 것이다. 하지만 마드리드의 최고 번화가에서 주술 행위를 할 수는 없었기에 이 두 사람은 다음 날 만나기로 약속했다. "변심한 애인을 당신 발밑으로 돌아오게 하는 것처럼 쉬운 것은 없어요." 그 '히타나'(집시 여인)가 말했다. "그 남자가 당신에게 준 손수건이나 스카프나 만틸라 숄을 혹시 갖고 있나요?" 부인은 여자에게 비단 숄을 내주었다. "자, 이제 진홍색 명주실로 이 숄 한 귀퉁이에 1 피아스터를 꿰매세요. 다른 귀퉁이엔 반 피아스터를, 여기에는 1 페세타 동전을, 저기에는 2 레알 동전을 꿰매세요. 그리고 가운데에는 금화 한 개를 꿰매야 해요. 두블롱 금화면 제일 좋고요." 그래서 부인은 두블롱 금화와 동전들을 모두 꿰맸다고 한다. "이제 제게 그 숄을 주세요. 밤 12시 종이 울리면 캄포산토 묘지로 이걸 가지고 갈 겁니다. 악마의 멋진 장난을 구경하고 싶으면 저와 함께 가세요. 장담컨대 내일이면 사랑하는 그분이 돌아올 거예요." 집시는 혼자서 캄포산토 묘지에 갔다고 한다. 왜냐하면 그 스페인 부인은 따라가려니 악마들이 너무 무서웠기 때문이다. 버림받은 불쌍한 부인이 자기 솥과 변심한 애인을 되찾았는지는 독자 여러분의 상상에 맡기겠다.

가난과 집시들이 불러일으키는 혐오감에도 불구하고, 무식한 민중 중에는 이들을 존경하는 이도 있으니, 이 점을 집시들은 자랑스러워한다. 그들은 스스로 지능이 뛰어난 종족이라고 생각하며, 자기를 환대하는 사람들을 마음속으로 경멸한다. 보즈의 어떤 여자 집시가 내게 이렇게 말한 적이 있다. "집시가 아닌 사람들은 너무나 멍청해서 그 사람들을 속여 봤자 자랑스럽지도 않아요. 한번은 길에서 어떤 농부 아낙네가 저를 부르길래 함께 그 집으로 갔지요. 난로에서 연기가 나고 있었는데, 저한테 연기를 빠져나가게 할 주문을 알려달라는 거예요. 그래서 저는 우선 맛있는 비계 한 조각을 내오게 했지요. 그런 다음 로마니어로 몇 마디 중얼거리기 시작했어요. '너는 바보야. 너는 바보로 태어나서, 바보로 죽을 거야….' 이렇게 말하고 문가로 나와서는, 멀쩡한 독일어로 말해주었답니다. '네 난로에서 연기가 나오지 않게 하는 가장 좋은 방법은, 바로 불을 때지 않는 거야.' 그러고 나서 저는 잽싸게 도망쳤지요."

집시들의 역사는 아직도 불확실한 문제이다. 이들의 최초 집단은 작은 규모였지만 유럽 동쪽에서 나타났으며, 15세기 초반경에 나타난 것이 확실하다. 하지만 이들이 어디에서 왔으며, 왜 유럽으로 왔는지는 밝혀지지 않았다. 더욱 기이한 것은, 이들이 짧은 기간 동안에 서로 멀리 떨어져 있는 여러 지방에서 어떻게 그렇게 놀랍도록 인구가 많이 늘어났는지를 알 수 없다는 점이다. 집시 스스로는 자신들의 기원에 대해 어떤 전해오는 이야기도 갖고 있지 않다. 다만 이들 중 상당수가 이집트를 자신의 최초의 고국이라고 말하는데, 이는 아주 오래전에 자신들에 대해 퍼졌던 설화를 받아들인 것에 지나지 않는다.

집시의 언어를 연구한 대부분의 동양학자들은 집시의 기원을 인도라고 생각한다. 실제로 로마니어의 상당수의 어근과 문법 형태가 산스크리트어에서 파생된 언어에서 발견된다. 사람들은 집시들이 오랜 세월 끊임없이 유랑하는 과정에서 많은 외국어 어휘를 받아들였다고 생각한다. 로마니어의 모든 방언에는 그리스 단어도 많다. 예를 들어 뼈라는 뜻의 '코칼(cocal)'이라는 단어는 'χόχχαλον'에서, 말의 편자를 의미하는 '페탈리(pétalli)'라는 단어는 'πέταλον'에서, 못을 의미하는 '카피(cafi)'라는 단어는 'χαρφί'에서 왔다. 오늘날 집시들은 세계 곳곳에 흩어진 집시 부족이 다양한 만큼이나 다양한 방언을 가지고 있다. 어느 지역에 살건 이들은 현재 살고 있는 나라의 언어를 집시의 언어보다 더 쉽게 구사한다. 다른 종족 앞에서 자기들끼리 자유롭게 소통할 목적으로만 집시의 언어가 사용된다. 독일에 사는 집시의 방언과 스페인에 사는 집시의 방언을 비교해보면, 수 세기 동안 서로 접촉이 없었음에도 공통된 언어를 매우 많이 확인할 수 있다. 하지만 원래의 언어는 이 방랑 민족이 사용할 수밖에 없었던 좀 더 세련된 언어와의 접촉으로 인해, 정도의 차이는 있겠지만 어디서나 현저히 변화되었다. 한편으로는 독일어가, 또 한편으로는 스페인어가 로마니어의 근본을 매우 변화시켰다. 그래서 독일의 '검은 숲'[98]에 사는 집시와 안달루시아에 사는 집시가 대화를 하는 것이 불가능할 정도이다. 하지만 몇마디 말만 나누어도, 모두 같은 언어에서 파생된 방언을 사용하고 있음을 쉽게 알아차릴 수 있다. 매우 흔히 사용하는 말 중에는 모든 방언에 공통된 단어가 내 생각엔 있다. 이처럼 내가 검토할 수 있었던 모든 방언에서, '파니(pani)'는 물을, '만로(manro)'는 빵을, '마스(mâs)'는 고기를, '론(lon)'은 소금을 의미했다.

숫자의 명칭은 어디서나 거의 같다. 내 생각에는 독일 방언이 스페인 방언보다 훨씬 고유 언어에 가깝다. 왜냐하면 스페인 집시들은 카스티야어의 문법을 받아들인 반면, 독일 방언은 최초의 문법 형태를 꽤 보존하고 있기 때문이다. 그럼에도 불구하고 몇몇 단어는 예외로 남아 옛 언어공동체를 증명해 준다. 독일 방언에서 과거형은 동사의 어근인 명령형에 ium을 붙여서 만든다. 스페인의 로마니어에서는 모든 동사가 카스티야어 제1군 동사 활용 방식을 따라 변화한다. '먹다'라는 뜻의 '하마르(jamar)' 동사 원형을 '먹었다'라는 과거형으로 만들려면 규칙대로 '하메(jamé)'로 만들면 되고, '잡다'라는 뜻의 '리야르(lillar)' 동사 원형을 '잡았다'라는 과거형으로 만들려면 규칙대로 '리예(lillé)'로 만들면 된다. 그러나 늙은 집시 중에는 예외적으로 '하이온(jayon)', '리욘(lillon)'이라고 하는 사람도 있다.[99] 이렇게 옛 형태를 간직한 동사로 내가 알아낸 건

---

98) 검은 숲: 독일 서남부에 있는 산림 지대로, 슈바르츠발트를 의미한다.

99) 스페인 지역의 집시들이 로마니어인 jamar라는 동사를 활용할 때, 카스티야어처럼 jamé라는 과거형으로 변화시키는 것이 일반적이지만, 독일 방언의 방식처럼(즉, 최초

이게 전부다.

로마니어에 관한 내 보잘것없는 지식을 이렇게 늘어놓는 마당에, 프랑스 도둑들이 집시에게서 빌려온 프랑스어 은어도 몇 개 지적해야겠다. 『파리의 비밀』[100]은 선량한 시민들에게 '슈랭(chourin)'이 단도를 의미함을 알려주었다. 이는 순수한 로마니어에서 온 단어이다. '추리(tchouri)'는 모든 방언에 공통으로 존재하는 단어 중 하나이다. 비도크 씨[101]는 말을 '그레(grès)'라고 하는데, 이것도 역시 집시의 말인 '그라스(gras), 그레(gre), 그라스트(graste), 그리(gris)'에서 온 단어이다. 파리 사람들의 은어로 '집시들'을 의미하는 '로마니셸(romanichel)'이라는 단어도 추가로 살펴보자. 이는 남자 집시를 의미하는 '로마네 차브(rommané tchave)'가 변형된 것이다. 그러나 내가 자랑할 만한 어원 연구는 '프리무스(frimousse)'라는 단어의 어원에 관한 것이다. '안색', '얼굴'을 의미하는 이 말은 모든 초등학생이 사용하는 말로, 내가 어렸을 때도 초등학생들이 사용했던 말이다. 우선 우댕(Oudin)[102]이 1640년 그의 흥미로운 사

의 집시어의 변화 방식처럼) jayon으로 변화시켜 사용하는 늙은 집시도 있으니, 스페인 집시와 독일 집시가 옛 언어공동체였음을 입증하는 것이다.

100) 『파리의 비밀(Les Mystères de Paris)』: 프랑스 소설가 외젠 쉬(Eugène Sue)의 소설로, 슈리뇌르(Chourineur)는 이 소설 속 등장인물의 이름이다.

101) 비도크(François Vidocq: 1775~1857): 1829년 발표된 『회고록(Mémoires)』의 작가이다. 그는 원래 평민으로 태어나 온갖 범죄를 저질러, 감옥을 50여 차례나 탈옥한 전설적인 도둑이었지만, 세계 최초의 전문 탐정이 된 인물이다. 괴도 뤼팽의 모델이 된 사람이다.

102) 우댕(Antoine Oudin): 17세기 언어학자이자 번역가로, 1640년 『보조 사전으로서의 흥미로운 프랑스어』에서 '피를리무스(firlimousse)', '안색(mine)'이라고 적었다.

전에서 '피를리무스(firlimousse)'라고 적었음에 주목해야 한다. 그런데 '피를라(firla)', '필라(fila)'는 로마니어로 '얼굴'을 의미한다. '무이(mui)'도 같은 의미인데, 라틴계 언어에서는 바로 '뼈(os)'에 해당한다. 순수 집시에게 '피를라무이(firlamui)'라는 복합어를 보여주었더니 금방 그 뜻을 이해한 적이 있다. 나는 이 단어가 로마니어의 탁월함을 보여준다고 생각한다.

이 정도면 『카르멘』의 독자 여러분에게 로마니어에 관한 내 연구를 충분히 알려준 것 같다. 때마침 생각나는 속담으로 끝을 맺고자 한다. 'En retudi panda nasti abela macha. 다문 입에는 파리가 들어가지 못한다.'

소설 『카르멘』에서 오페라 「카르멘」으로

한 정 주

오페라 「카르멘」은 세계에서 가장 사랑받는 오페라 중 하나이다. 국립오페라단에서 창단 50주년을 기념하여 한국인이 가장 사랑하는 오페라를 조사한 결과에서도 「카르멘」은 1위로 선정되어, 2012년 국립오페라단 50주년 기념 오페라로 공연된 바 있다. 이렇게 많은 사랑을 받는 오페라 「카르멘」은 사실 1845년 발표되었던 메리메의 중편 소설 『카르멘』을 원작으로 쓰인 오페라이다. 메리메의 소설을 바탕으로 알레비(Ludovic Halévy)와 메이야크(Henri Meilhac)가 대본을 쓰고 비제(Georges Bizet, 1838~1875)가 오페라의 곡을 작곡하여, 1875년 3월 오페라 코미크에서 오페라 「카르멘」이 초연되었다. 소설 『카르멘』과 오페라 「카르멘」을 비교 분석함으로써 우리는 카르멘에 대해 더 깊은 이해를 할 수 있을 것이다.

1. 소설 『카르멘』: 죽음 속의 자유, 자유의 비극

집시인 카르멘은 자유롭게 사는 존재로 그려진다. 지금도 유럽 여러 나라에서 만나게 되는 집시는 '자유로운 영혼'이라는 긍정적 이미지와, '떠돌이, 소매치기' 등의 부정적 이미지를 동시에 갖고 있다. 하지만 소설과 오페라의 주인공 카르멘을 통해서 우리는 그 부정적 이미지보다 자유로운 영혼, 자유를 지키기 위해 죽음조차 받아들이는 자유의 화신이라는 긍정적 면모에 주목하고자 한다.

자유의 화신으로서의 카르멘을 논하기에 앞서 우선 집시에 대해 간략히 살펴보자. 집시는 지역에 따라 다른 이름으로 불린다. 영미권에서는 집시로, 프랑스에서는 보헤미안으로, 독일에서는 치고이너로, 이탈리아와 스페인에서는 히타나로, 동부유럽에서는 치간느로 불리며, 우리나라에서는 주로 집시라고 불린다. 집시의 기원은 11세기에 시작된다. 인도 북서부에서 살던 집시들이 탄압과 억압을 피해 유랑길에 올랐고, 400년 후 유럽에 정착하게 되었다. 영국인들은 이들이 이집트인(Egyptian)을 닮았다고 하여 집시라고 부르게 되었다. 유럽인들에게 낯선 이방인이자 박해의 대상이었던 집시들은, 2차 세계대전 중에는 서유럽을 피해 동유럽, 특히 루마니아에 정착하게 된다. 현재 유럽의 집시들은 루마니아에서 건너간 이들이 많으며, 스페인에서는 주로 안달루시아 지방(코르도바, 그라나다, 세비야 등)에 자리 잡았다.

메리메는 1830년 스페인을 방문했을 때, 몬티호 부인으로부터

'집시와 사랑에 빠져 불행해진 젊은 병사'의 이야기를 들었는데 이후 15년간 이에 관한 글을 쓰지 않다가, 영국의 작가 조지 보로의 『스페인의 성경』이라는 책을 보고 스페인에 대한 흥미가 되살아나서, 1845년에 소설『카르멘』을 쓰게 되었다.

카르멘이라는 인물은 스스로를 악마라고 말하기도 하며, 원래는 착하고 모범적이었던 돈 호세를 밀수업자에서 강도로, 그리고 살인자로 만드는 팜므 파탈(femme fatale)의 면모를 갖고 있다. 이렇게 부도덕한 카르멘의 모습은 특히 19세기 당시의 시대배경에서는 더욱 충격적인 여성의 모습이었다. 하지만 우리는 카르멘에게서 또 다른 면모를, 즉 부도덕성과 팜므 파탈의 이미지와는 다른 '자유의 화신으로서의 면모'를, 자유를 추구하여 죽음에 이르는 '자유의 비극'을 더 주목하고자 한다.

집시인 카르멘에게 자유가 얼마나 중요한 가치인지는 소설에서 여러 번 이야기된다. 예를 들어 돈 호세가 이 소설의 화자에게, 자신이 감옥에 갇혔을 때 줄칼이 든 빵과 금화를 카르멘이 넣어주었다고 이야기하는 부분을 살펴보자. 카르멘이 빵 속에 줄칼을 숨겨 보낸 것은 돈 호세의 탈옥을 돕기 위한 것으로, 돈 호세는 집시에게 자유가 최상의 가치이기 때문에 그녀가 그런 행동을 했다고 설명한다.

> 집시 종족에게는 자유가 전부랍니다. 감옥에서 하룻밤 지내는 걸 모면할 수만 있다면 마을 하나라도 다 태워버릴 수 있는 사람들이에요. (p. 51)

이 이야기는 집시에게 자유가 얼마나 중요한 가치인지를, 자유를 위해서라면 그들이 다른 사람을 희생시킬 수도 있는 종족임을 알려준다.

또 돈 호세가 카르멘의 '롬'(남편)이 된 후 카르멘을 구속하려 하자, 카르멘은 이렇게 말하며 자유를 주장한다.

> *"난 괴롭힘을 당하기도 싫고, 특히 명령받는 건 정말 싫어요. 내가 바라는 건 언제나 자유로운 것, 그리고 하고 싶은 걸 하는 거예요."(p. 84)*

자유의 중요성은 카르멘의 죽음에서 더욱 두드러지게 나타난다. 왜냐하면 카르멘의 죽음은 단순히 살해된다는 의미가 아니라, 자유를 지키기 위해 '죽음을 선택한다'는 극단적 양상을 보이기 때문이다. 그러니까 카르멘은 돈 호세에 의해 살해되지만, 단순히 돈 호세가 그녀를 살해했다기보다는, 오히려 카르멘 스스로 죽음을 선택했다고 볼 수 있다. 카르멘을 살해하기 전 돈 호세는 카르멘에게 다음과 같이 말한다.

> *"카르멘! 나의 카르멘! 내가 너를 구하게 해줘.*
> *그래서 너와 함께 나도 구하게 해줘."(p. 93)*

끊임없이 새로운 사랑을 찾는 카르멘을 더 이상 견딜 수 없는 돈 호세는 카르멘에게 변화되지 않으면 그녀를 죽이겠다고 한다.

하지만 돈 호세의 존재 이유(raison d'être)가 카르멘인 까닭에, 카르멘이 죽는다면 돈 호세의 삶의 이유도 사라져 버린다. 그러기에 그는 "너와 함께 나도 구하게 해줘."라고 애원하는 것이다.

그런 까닭에 상황은 모순적이다. 돈 호세는 '자유롭지 않은 카르멘, 돈 호세를 따르는 카르멘'을 원하는 반면, 카르멘의 존재 이유는 '자유'이기 때문이다. 카르멘에게 자유가 없는 삶은 의미가 없고, 자유로운 카르멘은 돈 호세가 받아들일 수 없고, 돈 호세에게 카르멘이 없는 삶은 의미가 없다. "내가 너를 구하게 해줘. 그래서 너와 함께 나도 구하게 해줘"라는 돈 호세의 애원에 대해 카르멘은 다음과 같이 대답한다.

> *"하지만 카르멘은 언제나 자유로울 거예요.*
> *'칼리'(집시)로 태어나 '칼리'(집시)로 죽을 거예요."(p. 93)*

위에 인용된 구절은 이 소설에서 가장 핵심적인 구절이라고 할 수 있다. 집시로 태어나 집시로 죽는다는 이 말에서, 카르멘은 죽을지언정 자유롭게 남겠다는 의지, 자유를 포기하느니 차라리 죽음을 선택하겠다는 결연한 의지를 보여주기 때문이다.

> *위대한 비극은 언제나 자유의 비극이다. '그 여자는 자유롭게 남아 있고 싶다.*
> *그는 그 여자를 종속시키려 한다. 그 여자는 차라리 죽음을 택한다.' 이것이 바로 〈카르멘〉의 새로운 요지, 자유의 열망이 사*

랑의 열망보다 훨씬 더 강해졌을 때의 이야기이다. [1]

카르멘을 종속시키려 하는 돈 호세가 자기 말을 안 들으면 그녀를 죽이겠다고 위협하여도, 카르멘은 죽을지언정 자유롭겠다고, 즉 차라리 죽음을 선택하겠다고 한다. 결국 카르멘은 자유를 지키기 위해 돈 호세에 의해 살해당하고, 자유를 간직한 채 죽음을 맞는다. 앞서 카르멘을 죽이는 것이 돈 호세일지라도, 이 죽음을 선택하는 것은 오히려 카르멘이라고 한 것은 바로 이런 까닭에서이다. 이렇게 이 소설에는 죽음 속의 자유, 자유의 비극이 지배한다. 오페라 「카르멘」에서는 '사랑의 비극'이 강조되어 소설에서만큼 자유의 주제가 부각되지는 않지만, 그럼에도 불구하고 오페라 속 카르멘 역시 '죽음 속의 자유, 자유의 비극'으로 인해 죽음을 맞게 된다.

2. 메조소프라노 카르멘

오페라 「카르멘」의 주인공은 뜻밖에도 소프라노가 아닌 메조소프라노이다. 일반적으로 오페라의 여주인공은 소프라노가, 남자 주인공은 테너가 맡게 마련인데, 「카르멘」의 경우 특이하게도 메조소프라노가 여주인공을 맡는다. 이러한 설정 이유를 우리는 카르멘이라는 인물의 특성에 주목함으로써 이해하게 된다.

---

1) 라부 랄로 외, 「카르멘」, 정희경 옮김, 이룸, 2004, p. 49.

우선 오페라 「카르멘」이 쓰일 당시 다른 오페라의 여주인공들을 비교함으로써 카르멘이 그 주인공들과 얼마나 다른 성격의 인물인지 알 수 있다.

예를 들어 베르디(G. Verdi, 1813~1901)의 「라트라비아타(La Traviata)」(1854년)의 여주인공 비올레타를 살펴보자. 라트라비아타의 내용을 간략히 살펴보면 다음과 같다.

고급 창녀인 비올레타는 젊은 청년 알프레도를 사랑하게 되어 화려한 파리의 사교생활을 버리고 파리 근교 시골 별장에서 알프레도와 함께 지낸다. 알프레도의 아버지 제르몽이 몰래 찾아와서 비올레타에게 자기 아들과 헤어져줄 것을 요구한다. 사실 비올레타는 연인을 위해 경제적 희생을 하는 중이었으니, 알프레도와 함께 살기 위해 자신의 재산을 몰래 팔아가며 겨우 생활을 꾸려가고 있었다. 그런데 이번에는 연인의 아버지의 요구대로 또다시 희생을 하니, 알프레도를 여전히 사랑하면서도 마치 자신이 변심한 것처럼 보이도록 알프레도를 떠난다. 이후 비올레타가 변심했다고 오해한 알프레도가 그녀를 찾아와 모욕과 수모를 주지만, 가련한 비올레타는 진실을 알리지 않는다. 알프레도를 너무 사랑하여 그를 위해 헤어졌다는 사실을…. 그러다 결국 비올레타는 폐병으로 죽어 간다. 비올레타의 죽음을 앞두고서야 진실을 알게 된 알프레도가 그녀를 찾아오지만, 안타깝게도 비올레타는 알프레도의 품에 안겨 결국 숨을 거둔다.

이렇게 비올레타는 아름답고 화려하지만 폐병을 앓는 병약한 여인이며, 사랑하는 연인을 위해 모든 것을 희생하는 여인이니, 19세기 오페라의 전형적인 가련한 여주인공의 모습을 구현한다. 사랑 앞에서 희생적이고 순종적이며 수동적 여성상을 보이는 것이다. 이러한 비올레타의 아리아는 대개 서정적이고 느린 템포에 평이한 리듬의 특징이 있다. 대표적 아리아 '아! 그이인가!(Ah fors'è lui)'는 우리가 오페라 여주인공에게서 보편적으로 듣기를 기대하는 그런 아리아, 지극히 아름다우며 서정적인 소프라노 아리아이다. 죽음을 앞둔 비올레타가 부르는 아리아 '지난날이여, 안녕(Addio del passato)'은 더욱 느리고 슬프고 서정적이다. 이렇게 비올레타가 부르는 아리아들은 사랑하는 사람을 위해 모든 것을 희생하는 비운의 여주인공의 모습을, 가련하고 수동적인 여성상을 표현하기에 매우 적합하였다. 그러나 카르멘이 부르는 아리아는 비올레타의 아리아와는 매우 다른 성격의 아리아이다.

20세기 초에 쓰인 푸치니(G. Puccini, 1858~1924)의 오페라 「나비부인」(1904년)의 주인공 초초상 역시 소극적이고 감성적이며 희생적인 여인으로 그려진다. 초초상은 사랑하는 남자와 아들을 위해 스스로 죽음을 선택하는 가련한 여인이다. 이런 초초상이 부르는 아리아 역시 서정적이고 느린 템포이며, 평이한 리듬의 특징을 갖는다. 소프라노인 주인공 초초상이 부르는 아리아를 들으면 가련하고 수동적인 비운의 여성상이 표현되어 있음을 알 수 있다.

반면 카르멘은 자유를 지키기 위해서 죽음마저 선택하는 강하고 적극적인 여성이며, 극의 중심에서 이야기를 이끌어가는 주체이다. 만일 카르멘이 비올레타나 초초상이 부르는 서정적이고 느리며 아름다운 아리아를 부른다면, 카르멘의 특성은 전혀 표현될 수 없을 것이다. 카르멘은 비올레타나 초초상처럼 청순하고 지고지순한 인물, 순종적이고 희생적인 여인이 아니기 때문이다.

이런 까닭에 비제는 소프라노가 아닌 메조소프라노로 하여금 카르멘 역을 맡게 하고, 당시 다른 여주인공들의 아리아와는 전혀 다른 빠른 템포와 강한 리듬의 아리아를 부르게 함으로써 카르멘의 성격을 음악적으로 표현해낸다.

그 유명한 카르멘의 아리아 '하바네라[2]'만 보아도 기존 19세기 오페라 여주인공들이 부르던 아리아와 얼마나 다른지 금방 알 수 있다. 하바네라의 빠르기는 Allegretto quasi andantino이다. 즉, 비올레타나 초초상의 아리아의 느린 빠르기와 달리, 빠른 템포의 알레그레토로 표현되어 대조된다. 또한 *f*와 *ff*가 자주 사용되며, *f*와 *p*의 대조로도 역동적인 느낌을 준다. 선율의 폭도 변화무쌍하여, 옥타브 내지 11도에 이르는 선율의 변화를 함으로써 변화무쌍한 카르멘의 감정기복을 음악으로 표현한다.[3] 이러한 아리아의 음악적 특성은 기존의 여성에게는 사용되지 않던 것이다. 기존의 여주인

---

2) 이우진, 『비제의 오페라 〈카르멘〉에 나타난 이국주의에 대한 연구』(박사학위논문), 전북대학교, 2020, p. 40.
   하바네라는 19세기에 쿠바에서 스페인으로 전해졌지만, 오히려 스페인에서 더욱 활발히 유행된 민속 춤곡이다…. 비제는 오페라 〈카르멘〉에서 하바네라 리듬을 차용하여 사용하는 것으로 그치지 않고, 극중 카르멘이 하바네라 춤곡을 통해 집시로서의 열정과 끼를 충분히 보여줄 수 있도록, '하바네라'라는 제목의 곡을 아리아로 선보였다.

3) 강희선, 「페미니즘적 시각에서 본 19·20세기의 오페라: 〈라트라비아타〉, 〈카르멘〉 그리고 〈나비부인〉을 중심으로」, 『음악과 민족』, 2004.

공의 아리아의 경우 소극적이고 연약하며 수동적 느낌을 주는 좁은 음정 폭, 약한 연주, 평이한 리듬, 서정적 선율이 사용되었다면, 카르멘의 아리아에서는 이전의 남성에게 사용되었던 특성이 사용된다. 비제는 이렇게 폭넓은 음정의 도약, 강한 연주, 강한 리듬 등의 특성을 사용함으로써 카르멘이 기존의 여주인공과는 다른 인물임을, 스스로 극을 주도하는 적극적 인물이며, 나약하지 않은 강한 성격의 인물임을 음악적으로 표현하고 있다.

이렇게 카르멘이 주도적 역할을 하고 있음을 확인하기 위해 소설의 몇 가지 에피소드를 살펴보자. 소설에서 구현되는 강한 카르멘의 성격에 기초하여 오페라의 카르멘이 창조되었기 때문이다.

우선 카르멘과 돈 호세의 관계에서 우리는 '**카르멘의 남성화, 돈 호세의 여성화**'라는 특성을 확인할 수 있다. 즉 유럽의 성 구조의 가부장적 형태와 반대되는 역할 전도가 일어나고 있다.[4] 카르멘과 돈 호세의 첫 만남에서 카르멘은 돈 호세에게 바늘을 갖고 작업을 하다니 레이스라도 뜨냐며 조롱한다.

> *"당신의 바늘(에팽글레트)이라니요! 이 신사분은 바늘이 필요한 걸 보니까 레이스라도 뜨나 봐!"(p. 42)*

또 가만히 있는 호세에게 다가와 그를 먼저 유혹하는 쪽 역시 카르멘이다. 이렇게 첫 만남부터 카르멘은 적극적이고 주도적이라는 남성적 특성을 보이고, 돈 호세는 수동적이며 레이스를 뜨는(물론

---

4) 라부 랄로 외, *op.cit.*, pp. 97−99, pp. 178−182.

실제로는 총포침을 위한 사슬을 만드는 것으로, 에팽글레트라는 동음이의어가 사용됨으로써 중의적이지만) 여성적 특성을 보인다.

돈 호세가 부르는 가장 대표적인 아리아 '꽃노래'(당신이 나에게 던진 꽃)로 표현되는 꽃에 관한 에피소드를 보아도 성 역할이 전도되었음을 알 수 있다. 19세기 당시는 물론이거니와 현대에서도, 대개 꽃을 주는 주체는 남자이고 그 꽃을 받는 대상은 여자가 된다. 하지만 「카르멘」에서는 여자인 카르멘이 돈 호세에게 꽃을 던졌고, 그 꽃을 받은 남자인 돈 호세가 시들고 마르도록 그 꽃을 소중히 간직하는 모습을 보임으로써 전통적 성 역할이 전도되어 있음을 알 수 있다.

또한 소설에서 카르멘이 돈 호세와 자기 자신을 규정하는 '**개와 늑대**'라는 비유는, 돈 호세와 카르멘의 모습을 상징적으로 잘 표현하고 있다. 칸딜레호에서 하룻밤 후 언제 다시 만날 수 있냐고 묻는 돈 호세에게 카르멘은 다음과 같이 말한다.

"개와 늑대는 오래 잘 지내지는 못하거든요."(p. 59)

돈 호세는 규칙을 받아들이고 순응하는 질서의 세계에 속해 있고, 카르멘 자신은 어떤 규칙도 용납하지 않는 늑대와 같은 야생의 세계, 자유롭고 구속되지 않는 세계에 속해 있다는 것이다. 돈 호세와 카르멘 / 개와 늑대 / 질서와 자유라는 이 두 인물의 대조적 이미지는 칸딜레호에서의 하룻밤에 다양하게 드러난다.

> *저는 한 아름 장본 것을 들고서 어디에 두어야 할지 몰라 방 한가운데에 서있었습니다. 그녀는 그 모든 것을 땅바닥에 내던 지더니…. (p. 57)*

돈 호세는 낯선 남의 방에서 자기가 가지고 온 물건을 어디에 두어야 할지 몰라 내려놓지도 못하고 쩔쩔매며 물건을 들고 서 있 지만, 카르멘은 돈 호세에게서 장본 물건을 빼앗아 개의치 않고 되 는 대로 바닥에 던져 버린다. 이 작은 행동을 통해서도, 전통적 질 서의 세계에 속해 있는 돈 호세와 기존의 규범 따위는 아랑곳하지 않는 자유로운 카르멘이 대조된다.

또 카르멘이 춤을 추려는데 캐스터네츠가 없자 그녀가 접시를 깨뜨려 즉흥적으로 캐스터네츠를 만들어내는 장면 역시 카르멘의 특성을 보여준다.

> *저는 그녀에게 춤추는 것을 보고 싶다고 말했습니다. 하지만 캐 스터네츠를 어디서 구할 수 있겠어요? 그 여자는 곧바로 노파 의 단 하나의 접시를 집어 들더니 그걸 산산조각 내어버렸습니 다. 그러더니 그 사기 조각으로 딸까닥 소리를 내면서, 흑단 나 무나 상아로 된 캐스터네츠로 춤을 추는 것만큼이나 능숙하게 로말리스 춤을 추었습니다. (p. 58)*

돈 호세처럼 '개'의 특성을 가진 사람이라면 캐스터네츠가 없으 니 춤을 안 추거나, 아니면 아쉬운 대로 캐스터네츠가 없는 춤을 출 것이다. 자신의 것도 아닌 남의 접시를, 그것도 남의 유일한 접시를 깨뜨려 캐스터네츠를 만들어 춤을 추는 것은 상상조차 할 수 없을 것이다. 그러나 타인의 규범에 얽매여 있지 않은 '늑대'의 특성을 지닌 카르멘은 그런 타인의 문제는 신경 쓰지 않는다. 지금 자신이 원하는 것을 하기 위해서(즉 춤을 추기 위해서), 수단이 어찌 되었건 필요한 캐스터네츠를 만들어내는 것이다.

> 카르멘은 언제나 만일의 사태에 대해 걱정하는 법이 없기 때문에 결코 결핍에 처하지 않는다. 그 여자는 상황이 어찌 되었든 캐스터네츠를 만들어내듯이 인생을 급조해내는 것이다.[5]

이 두 인물의 대조는, 점호를 알리는 북소리가 울리자 부대에 귀대하려는 돈 호세와 이를 경멸하는 카르멘의 모습을 통해 특히 극명하게 대조된다.

> 부대로 복귀해야 함을 알리는 북소리가 들려왔습니다.
> "점호를 하러 이제 부대로 돌아가야겠어." 제가 말했습니다.
> "부대로요?" 경멸한다는 듯 그녀가 말했어요.
> "그럼 당신은 검둥이군요. 아무 말 없이 복종만 하는 검둥이. 당신은 군복뿐 아니라 성격도 진짜 카나리아였네요."(p. 58)

규칙이란 원래 지켜야 하는 것이라고 생각하는 돈 호세는 귀대를 알리는 북소리에 당연히 부대로 복귀하려 한다. 하지만 타인의

---

5) *Ibid.*, p. 59.

규칙 따위는 따르지 않는 카르멘의 눈에는 이런 돈 호세의 모습이 경멸스럽다.

> 타성에 젖은 인간 돈 호세는 자신의 일과 시간표에 충실하다. 반면 카르멘은 … 뭔가를 하기 위해 시간을 사용하지 않는다…. 그 여자는 시간을 즐기기 위해 시간을 사용한다…. 카르멘은 내키는 대로 자유롭게 행동함으로써…[6]

결국 돈 호세는 카르멘에 이끌려 귀대하지 않고 카르멘 곁에 남는다. 질서의 세계에 속했던 그의 일탈이 시작되는 것이다.

이렇게 카르멘은 성역할이 전도된 남성적 특성, 질서의 세계에서 벗어난 늑대의 특성을 지닌 자유롭게 행동하는 인물로, 기존 오페라의 여주인공과는 기질상 매우 다른 인물이며 메조소프라노가 그 타이틀을 맡아 기존 오페라의 여주인공과는 매우 다른 특성의 아리아를 부른다.

3. 소설과 다른 오페라 속 인물: 미카엘라와 에스카미요

미카엘라(소프라노)

오페라 「카르멘」에는 소설에 없던 새로운 인물이 등장한다. 돈

---

6) *Ibid.*, pp. 55-56.

호세의 약혼녀 미카엘라이며, 소프라노가 그 역할을 맡는다. 메조소프라노인 주인공 카르멘이 기존 오페라 여주인공들의 아리아와는 매우 다른 특성의 노래를 부른다면, 미카엘라는 카르멘을 대신하여 기존 여주인공들이 부르던 서정적이고 느린 선율의 아리아를 부른다.

미카엘라라는 인물이 창조된 것은, 우선은 오페라 코미크 극장장이 당시 유행하던 오페라 코미크의 형식에 맞게 순결하고 순진한 처녀를 등장시켜 카르멘과 대비시키라는 요구를 하여 그것이 반영된 것이라고 할 수 있다.

또한 보편적으로 오페라에는 소프라노, 메조소프라노, 테너, 바리톤의 4 주요 인물이 등장한다는 점이 미카엘라라는 인물을 창조하게 만들었을 것이다. 프리마돈나인 카르멘이 메조소프라노이니 소프라노를 맡을 누군가가 필요했던 것이다. 카르멘은 당시 관객들이 오페라 여주인공에게서 기대했던 특징의 아리아를 부르지 않지만, 대신 미카엘라가 그런 아리아를 부름으로써 관객들의 기대에 부응하였다.

미카엘라의 등장은 또한 두 여인 사이에서 주저하는 남자주인공이라는 전형적 연애소설의 구도를 만들어 준다.[7] 소설에서 돈 호세가 관심을 갖는 여인은 카르멘뿐이지만 오페라에서는 제2의 여인인 미카엘라를 등장시킴으로써 카르멘-돈 호세-미카엘라라는 삼각관계가 형성된다.

---

7) 송진석, 「메리메의 〈카르멘〉과 열정의 취급법」, 『불어불문학연구』, 2012, p. 247.

미카엘라라는 인물은 소설 속 다음 구절을 바탕으로 알레비와 메이야크가 창조했다.

그때 저는 아직 어렸어요. 저는 언제나 고향을 그리워했고, 머리를 땋아 어깨 위로 내리고 푸른색 치마를 입은 여자가 아니라면 예쁠 수 없다고 생각했어요.(p. 41)

이 구절을 토대로 창조된 미카엘라는 실제 오페라에서 푸른색 치마를 입고 머리를 땋은 모습으로 등장하며, 자유분방한 카르멘과는 대조되는 정숙한 약혼녀의 모습을 구현한다.

'미카엘라'라는 이름 또한 의미가 있다. '미카엘라'는 대천사의 이름으로, 카르멘과 돈 호세가 소설에서 카르멘을 '악마'라고 말하는 것과 대조된다. 천사의 이름을 가진 미카엘라는 수호천사처럼 돈 호세를 질서의 세계로, 돈 호세의 어머니가 이끄는 세계로, '선'의 세계로 인도하려고 한다. 하지만 돈 호세는 수호천사 미카엘라가 이끄는 삶이 아니라, 카르멘이 이끄는 삶, 결과적으로 살인을 하고, 밀수업자가 되는 삶을 살게 된다.

미카엘라는 어머니의 분신 역할을 한다는 사실도 주목할 수 있다. 소설에서 어머니는 등장하지 않지만, 죽음을 앞둔 돈 호세가 화자인 고고학자에게 자신의 죽음에 관한 소식과 유품인 메달을 전해달라는 대상으로 언급되는 노파는 돈 호세의 어머니로 추정된다.

선생님께 이 메달을 드릴게요···. 한 노파에게 이걸 직접 전하든
지 누굴 통해 전하든지 해주세요···. 제가 죽었다는 사실은 알리
되, 어떻게 죽었는지는 말하지 말아주세요. (p. 37)

오페라는 이렇게 소설에서 간접적으로만 언급된 어머니를 훨씬
비중 있게 설정한다. 물론 오페라에서도 어머니가 무대 위에 등장
하지는 않지만, 미카엘라가 어머니의 분신 역할을 함으로써, 어머
니는 보이지 않음에도 불구하고 카르멘으로부터 아들을 구원하려
는 비중 있는 인물로 설정되어 있다.

이렇게 소설에는 없던 인물이지만 오페라에서 등장하는 약혼녀
미카엘라는 음악적으로 소프라노의 파트를 담당하여 오페라의 성
부를 완성시키며, 기존 오페라에서 익숙했던 스타일의 소프라노
아리아를 부름으로써 관객들에게 오페라 「카르멘」을 덜 낯선 오페
라로 만들어 준다. 또한 내용상으로도 삼각관계를 형성하여 사랑
의 갈등을 더욱 부각시키고, 카르멘과 대조되는 질서와 선의 세계
를 구현한다.

에스카미요(바리톤)

오페라의 투우사 에스카미요는 소설 속 투우사 루카스가 변형
된 인물이다. 그런데 소설 속 루카스에 비해 오페라 속 에스카미요
는 훨씬 비중이 커진다. 소설 속 루카스는 잠시 카르멘의 관심을
받을 뿐 상대적으로 비중이 약한 인물인 반면에, 오페라의 투우사

에스카미요는 이름도 바뀌고 훨씬 비중 있는 인물이 된다. 소설 속 루카스는 황소에 깔리는 실패의 투우사이며, 카르멘의 사랑을 잠시만 받음으로써 사랑에서도 실패의 투우사이다.

> 황소가 제 대신 복수를 해주었습니다. 루카스는 곤두박질쳐서 말 밑에 깔렸고, 그 위에 또 황소가 올라탔으니까요.*(p. 89)*

> *"그럼 너는 루카스를 사랑하니?"* 제가 물었습니다.
> *"그래요, 잠시 동안이지만 그를 사랑했어요. 당신을 사랑했던 것처럼요.*
> *아마도 당신보다는 덜. 하지만 지금은 아무도 사랑하지 않아요."(p. 93)*

루카스와 에스카미요를 비교하기 위해서는 우선 투우사에 대한 간략한 고찰이 필요하다. 투우 경기의 진행과정을 살펴보면 투우사에도 여러 종류가 있음을 알 수 있다. 먼저 주역 투우사인 마타도르(소의 최후를 담당하는 검을 든 투우사)가 등장하여 붉은 천으로 소를 흥분시키면, 피카도르(말을 타고 창으로 소를 찌르는 기마 투우사)가 말을 타고 등장하여 창으로 소를 찌르고, 그 다음 반데릴레로(작살을 꽂는 투우사)가 6개의 작살을 소의 목과 등에 꽂는다. 제일 끝으로 마타도르가 다시 등장하여 검과 붉은 천을 들고 소와 싸우다가 검으로 소를 죽임으로써 투우가 끝난다.

소설에서 "루카스는 곤두박질쳐서 말 밑에 깔렸고, 그 위에 또 황소가 올라탔으니까요"라는 구절로 보아 루카스는 피카도르이며, 또한 황소에게 부상당하는 실패한 투우사로 그려진다. 루카스는 역할도 보조 투우사이고, 결과도 황소에게 지는 실패한 투우사인 것이다. 사랑의 측면에서도, 카르멘은 루카스를 잠시 사랑했지만, 돈 호세만큼 사랑하지는 않았으며 현재 사랑하지 않는다고 말한다. 반면에 오페라의 투우사인 에스카미요는 역할도 주역 투우사인 마타도르이며, 황소를 이기고 현재 카르멘의 사랑을 받는 승리의 투우사로 그려진다. 오페라에서 에스카미요가 등장하는 모습을 보면 승리의 투우사로서의 에스카미요의 모습이 부각됨을 알 수 있다. 카르멘과 마을 사람들, 군인들이 모두 춤추고 노래할 때, 에스카미요는 모두의 환영을 받으며 화려하게 주인공처럼 등장하여 그 유명한 '투우사의 노래'를 부른다.

음악적으로 보면, 에스카미요는 바리톤이 맡는다. 물론 오페라에서 남자 주인공은 돈 호세이고, 에스카미요는 조연이다. 하지만 여자 주인공인 카르멘이 메조소프라노인 까닭에, 내용과 상관없이 음악적으로만 본다면, 카르멘과 짝을 이루는 것은 에스카미요이다. 소프라노-테너, 메조소프라노-바리톤이 통상적으로 짝을 이루기 때문에, 음악적으로는 카르멘-에스카미요, 미카엘라-돈 호세가 짝을 이루는 것이다. 사실 오페라 「카르멘」에서 가장 유명한 아리아가 카르멘이 부른 '하바네라'와 에스카미요가 부른 '투우사의 노래'인 것도 이와 무관하지 않을 것이다. 돈 호세가 남자 주인공이지만 조연인 에스카미요의 노래가 더 유명한 것이다. 이는 오페라의 서곡을 살펴보아도 알 수 있다. 서곡은 오페라 전체의 분위기를 예고하는 역할을 하는데, 비제는 서곡에서 돈 호세의 주제를 등장시키지 않으며, 에스카미요의 주제와 카르멘의 주제를 등장시킨다. 이렇게 에스카미요는 음악적으로 카르멘의 파트너로서 중요한 역할을 맡고 있다.[8]

　내용적으로 볼 때, 에스카미요는 오페라에 세 번 등장한다. 처음에는 2막에서 화려한 투우사의 옷을 입고 모두의 환호를 받으며 등장하여 주역 투우사로서의 면모를 과시하고, '투우사의 노래'를 부른다. 두 번째 등장은 3막에서 밀수꾼들을 찾아온 에스카미요가 돈 호세와 만나게 되고 서로 질투하여 결투하는 상황에서이다. 소설 속에서는 가르시아라는 카르멘의 남편이 있고 돈 호세와 가르시아의 결투가 있지만, 오페라에서는 카르멘에게 남편이 없는 까닭에, 에스카미요는 가르시아 대신 돈 호세와 결투를 함으로써, 돈 호세의 질투를 부각시키는 역할을 한다. 끝으로 카르멘이 죽음을 맞는 장면에서 에스카미요가 등장한다. 에스카미요는 처음 등장할 때처럼 화려하게 모두의 환호를 받으며 등장하고, 투우 경기가 시작되기 전 카르멘과 서로 사랑을 노래한다. 카르멘은 "당신을 사랑하니까! 그래요 난 당신을 사랑해요!"라고 에스카미요에게 속삭인다. 에스카미요는 이렇게 사랑에서도 승리의 투우사가 된다. 소설 속 루카스가 애꾸눈 가르시아, 영국인 부호와 더불어 여러 연인 중 하나라는 비중이 낮은 기능만을 가졌다면, 오페라의 에스카미요는

---

8) 라부 랄로 외, *op.cit.*, pp. 124-126.

돈 호세와 필적하는 사랑의 연인의 기능을 갖는다. 앞서 미카엘라의 창조로 생겨난 '카르멘–돈 호세–미카엘라'의 삼각관계와, 에스카미요와 더불어 생겨난 '돈 호세–카르멘–에스카미요'라는 이중적 삼각관계는 오페라에서 사랑 이야기를 소설보다 더 부각시키는 기능을 한다.

이후 에스카미요의 모습이 무대에 보이지는 않지만, 카르멘이 돈 호세에게 살해당할 때 배경음악처럼 합창으로 들리는 노래는 에스카미요의 음악적 주제인 '투우사의 노래'이다. '투우사의 노래'가 불리는 가운데 카르멘이 죽음을 맞이하는 것이다. 카르멘의 죽음 장면에서 들려오는 '투우사의 노래'는 이중적 의미를 내포한다. "그래요, 싸우면서 기억해요. 검은 눈이 당신을 보고 있다는 것을 (Et songe bien, oui, songe en combattant, qu'un œil noir te regarde)"에서 '검은 눈'은 투우사에 의해 죽임을 당하는 '황소의 눈'이면서 동시에 죽어가는 '카르멘의 검은 눈'이 된다.[9] 투우장 안에서 에스카미요가 찌른 검에 의해 죽어가는 황소의 눈이 에스카미요를 바라보는 바로 그 순간에, 그래서 모두가 투우사의 승리를 환호하는 노래를 부르는 그 순간에, 투우장 밖에서는 돈 호세가 찌른 칼에 죽어가는 카르멘의 검은 눈이 돈 호세를 바라보기 때문이다. 에스카미요의 승리에 환호하는 관중들의 노래를 배경으로 쓸쓸히 죽어가는 카르멘의 모습은 더욱 극적으로 대비되는 효과가 있다.

이렇게 소설 속 투우사 루카스로부터 매우 변화된 오페라의 투

---

9) *Ibid.*, p. 126.

우사 에스카미요는 음악적으로 바리톤 파트를 담당하여 메조소프라노인 카르멘의 음악적 파트너가 된다. 그리고 내용상으로는 루카스와 달리 승리의 투우사가 되며, 소설 속 돈 호세의 여러 연적들(가르시아, 영국인, 루카스)을 대신하여 오페라에서 연적의 역할을 담당하며, 사랑의 갈등을 더욱 부각시킨다.

4. 소설과 오페라의 비교

소설과 오페라의 내용을 비교할 때, 가장 눈에 띄는 것은 소설의 내용의 상당 부분(1장, 2장, 4장)이 오페라에서는 생략되었다는 점이다. 소설은 모두 4장으로 구성되어 있다. 1장과 2장, 4장의 서술자는 고고학자인 반면, 3장의 서술자는 돈 호세로, 3장은 액자 소설의 형식을 취한다. 3장에서는 돈 호세가 화자가 되어 자신과 카르멘의 이야기를 고고학자에게 들려준다. 그런데 오페라에서는 고고학자에 의해 서술되는 1장, 2장, 4장이 모두 사라진다. 고고학자인 화자가 스페인의 안달루시아 지방에서 조사 여행을 하다가 우연히 돈 호세를 만나게 되는 일(1장), 고고학자가 카르멘을 우연히 만나게 되는 일(2장), 그리고 집시의 민족성과 언어에 관한 고고학자의 연구(4장)가 오페라에서는 사라진다. 돈 호세가 들려주는 자신과 카르멘의 이야기인 3장만이 오페라의 내용이 된다. 고고학자의 서술이 사라짐으로써 오페라에는 카르멘과 돈 호세의 사랑과

정열의 이야기만이 남는다. 오페라라는 무대예술의 특성상, 극적
이고 흥미로운 내용만이 남아 관객의 흥미를 유도하는 것이다.

여기서 「카르멘」이 초연된 당시 오페라 코미크 극장의 지배인
이었던 뒤 로클(Camille Du Locle)이 요구했던 내용을 살펴보는 것
도 흥미롭다. 뒤 로클은 부르주아 계층을 대상으로 한 가족용 극
장을 운영함에 있어, 메리메의 소설을 무대에 올리는 것에는 합의
했으나, 이제껏 오페라 코미크에서 한 번도 볼 수 없었던 살인 장
면 때문에 수정이 필요하다고 주장했다. 부도덕한 여주인공, 밀수
업자의 등장, 살인 등 기존 오페라와 차별되는 이야기가 당시 관객
들에게 충격을 줄 수 있다고 판단한 것이다. 반면에 비제는 가능한
한 메리메가 쓴 원작의 내용을 살리려는 입장이었다. 오페라 「카르
멘」의 첫 공연에서 주연을 맡게 될 갈리 마리에와 레리는 만약 극
장 측의 개입으로 비제의 작품에 어떤 식으로든 수정이 가해진다
면 자기들도 모든 것을 그만두겠노라고 결심했을 정도로 비제에게
전폭적인 지지를 보내주었다.[10] 결국 대본가인 메이야크와 알레비
가 조정자로 나서서 극장의 명성과 작곡가의 입장을 모두 고려할
수 있도록 다음과 같은 타협을 이루어냈다. 첫째, 카르멘의 성격을
부드럽게 만들 것, 둘째, 순진하고 정숙한 처녀를 등장시켜 카르멘
과 대비시킬 것, 셋째, 집시들과 밀수꾼들의 성격에 희극적 면을
부여하고, 난폭하고 잔인한 카르멘의 남편 가르시아를 삭제할 것,

---

10) 김은년, 「〈카르멘〉의 역설-비극적 소설과 오페라 코미크 사이」, 『프랑스문화예술연
구』, 2008, p. 11.

넷째, 주인공 카르멘이 죽는 장면을 맨 마지막에 휴일의 태양 아래 환한 곳에서 전개할 것이 그것이다. 극장장의 요구대로, 카르멘은 소설 속 캐릭터보다 덜 충격적인 인물이 된다. 카르멘이 밀수를 하는 모습이나, 다른 남자와 함께 지내는 모습, 도둑질하는 모습, 부상당한 동료를 죽이라고 하는 등등의 소설 속 내용은 오페라에는 없다. 또 앞서 살펴본 것처럼 순결하고 순진한 약혼녀 미카엘라가 새로운 캐릭터로 등장한다. 집시와 밀수꾼에 관한 이야기가 나올 때도 밀수 중 벌어지는 총격전이나 사람을 죽이는 이야기 같은 소설 속 심각한 이야기는 오페라에서 사라진다. 오페라의 엔딩은 카르멘의 죽음으로 끝이 나며, 죽는 장소 역시 소설 속 쓸쓸한 숲 속이 아니라, 투우장 밖 환한 태양 아래이다.

소설에서 오페라로의 변화를 간단히 표로 정리해보면 다음과 같다.

	소설 카르멘	오페라 카르멘
구성	1장 2장 3장 4장 (3장은 액자소설 형식)	3장의 내용만으로 이야기 전개 (민족학적 주석 등이 사라지고 적나라한 비극만 남음)
투우사	루카스(피카도르) (비중이 적은 투우사, 실패의 투우사)	에스카미요(마타도르) (승리의 투우사, 내용상으로도 음악적으로도 중요한 투우사)
추가된 인물		미카엘라 (돈 호세의 약혼녀로 소설에는 없음)
장교와의 결투	호세가 장교를 죽임	호세가 장교에게 부상만 입힘

어머니	작품 끝에서 유품을 건네받을 존재로만 암시	작품에 등장하지는 않지만 이야기 전개에서 중요한 모티브가 됨
돈 호세의 연적	중위, 가르시아, 영국인 부호, 루카스	대위, 에스카미요
카르멘의 결혼	카르멘은 남편 가르시아가 있는데도, 여러 연인이 있음.	카르멘은 결혼을 안 한 인물이기에, 부도덕성이 소설보다 줄어듦
카르멘의 죽음	쓸쓸한 골짜기에서 죽고, 그 후 돈 호세가 자수를 함. '자유의 비극'이 부각됨.	밝은 태양 아래에서 죽으며, 작품의 엔딩이 됨. '사랑의 비극'이 부각됨.

표를 통해 정리해본 것처럼, 오페라에서는 카르멘의 부도덕성이 조금 완화된다. 오페라의 카르멘은 결혼한 여자가 아니므로 돈 호세를 사랑하다가 에스카미요를 사랑하는 변심에 대한 도덕적 비난이 줄어든다. 반면 소설 속 카르멘은 유부녀인데도 돈 호세와 사랑의 밤을 보내기도 하고 영국인 부호와 같이 살기도 한다. 또 남편 가르시아의 죽음 후 돈 호세가 새로운 남편이 되지만 또다시 루카스와 사랑에 빠지는 부도덕한 모습을 보인다. 덧붙여 오페라에서는 카르멘이 직접 밀수를 하는 장면도 사라지고, 소설 속 영국인 장교를 농락하는 이야기 등도 사라짐으로써 카르멘의 사랑의 변심만이 부각될 뿐 그 부도덕성이 훨씬 경감된다.

살인 장면도 소설과 달리, 오페라에서는 돈 호세가 카르멘을 죽이는 장면이 딱 한 번 있을 뿐이다. 반면 소설에서는 돈 호세가 카르멘을 죽이는 장면 외에도, 돈 호세가 상관을 살해하는 장면, 가르시아가 레멘다도를 살해하는 장면, 돈 호세가 가르시아를 살해하는 장면, 돈 호세가 영국인 장교를 살해하는 장면 등 수많은 살인이 자행된다. 그러한 소설 속 여러 살인 장면들이 오페라에서 사라짐으로써 오페라의 관객에게 주는 충격을 줄일 수 있었고, 스토리의 복잡성을 줄여 카르멘과 돈 호세의 사랑과 비극으로 초점을 모을 수 있었다.

앞서 살펴보았듯, 오페라에서 사랑 이야기가 부각되는 데는 새로운 인물인 미카엘라의 창조와, 에스카미요의 비중이 강화된 것도 한몫을 했다. 각각 카르멘-돈 호세-미카엘라의 삼각관계와 돈 호세-카르멘-에스카미요의 삼각관계라는 이중의 삼각관계를 형성하여 사랑 이야기가 더욱 부각되기 때문이다.

이렇게 소설로부터 여러 내용이 변화되어 스토리를 부드럽게 만들었음에도 불구하고, 안타깝게도 오페라의 초연은 실패했다. 당시 음악가나 평론가 등 전문가 중에는 이 작품에 찬사를 보내는 이가 있었으나, 일반 관객들의 호응을 받지 못한 것이다. 낯선 캐릭터의 여주인공, 집시들과 밀수꾼, 담배 공장 여공이 등장하며 칼싸움에 살인까지 일어나는 오페라는 당시 관객들의 취향과 일치하지 않았기 때문이다. 하지만 비제가 37세의 나이에 안타깝게도 요절한 이후 오페라 「카르멘」은 성공을 거두게 되며, 오늘날까지도 전 세계의 사랑을 받는 오페라가 되었다.

부록

1. 소설 『카르멘』의 작가:
메리메(Prosper Mérimée, 1803~1870)의 일생

　19세기의 대표적인 작가이자 고고학자, 역사학자이기도 했던 메리메는 1803년 프랑스 파리의 중산층 가정에서 외동아들로 태어났다. 아버지 레오노르 메리메는 화가이자 파리 이공과 대학의 데생교수였고, 어머니 또한 그림을 잘 그렸다. 메리메 또한 예술에 대한 흥미가 있었고, 그림 솜씨가 뛰어났다.

　부친의 권유로 파리 대학에서 법률을 공부한 그는 1823년 법학사 학위를 받고 변호사가 되었다. 법학을 공부하면서도 그는 언어학, 고전문학, 고고학을 연구하였고, 예술가와 문학가들과도 사귀었다. 특히 1822년에는 스탕달과 알게 되었고, 이후 위고를 비롯한 보수적 낭만파에 대항하여 스탕달과 함께 자유주의적 문학 집단을 형성하여 활동하였다.

문학가로서의 메리메를 살펴보면, 그의 첫 작품은 1822년『크롬웰』이지만 스스로 원고를 파기하여 남아있지 않다. 남아있는 첫 작품은 1825년『클라라 가쥘 희곡집』으로 메리메 자신의 작품이지만, 그는 마치 스페인 여배우의 작품을 번역한 것처럼 발표하였다. 대표작으로는 1829년에 쓴『샤를 9세 시대 연대기』,『마테오 팔코네』, 1830년의『에트루리아 꽃병』, 1837년『일르의 비너스』, 1840년『콜롱바』, 1845년『카르멘』, 1866년『푸른 방』 등이 있다. 특히『카르멘』은 비제의 오페라로 만들어져 전 세계에서 사랑받고 있다.

메리메는 시대상으로는 낭만주의 시대에 속한 작가였지만, 모든 문학유파와 관계를 맺으면서도 아무 유파에도 예속되지 않았다. 그에게는 낭만주의적 특성, 고전주의적 특성, 사실주의적 특성이 모두 나타나기 때문이다. 우선 낭만주의적 특성을 살펴보면, 낭만적 호기심(curiosité romantique)을 갖고 있는 메리메는 이국정서, 지방색, 원시적 정열을 작품에 표현해내었으니, 낭만주의적 주제를 선호했음을 알 수 있다. 그러나 문장이 간결하고 작품 전개가 단순하며 글이 명료하고 절제된 문체를 사용했다는 점에서, 고전주의적 지성(intelligence classique)을 갖고 있었고, 낭만주의 시대에 고전주의를 되살렸다는 평가를 받기도 한다. 끝으로 사실주의적 경향(tendence réaliste) 또한 보이는데, 몰개성적인 냉정한 관찰가로서 객관적 묘사를 하고, 감정을 억제한 간결한 묘사를 하였기 때문이다.

메리메는 자신이 문학에 관해서는 아마추어에 불과하며, 자신을 고고학자라고 표현하면서 중편 소설 속에 고고학의 이야기를 풀어놓았지만, 그는 이미 22세에 작품을 발표하였고, 30세에 작가로 유명해졌다.

메리메는 또한 1848년 러시아어를 배운 이후에 푸시킨, 고골, 투르게네프 등의 러시아 작가들의 작품을 번역하여 프랑스에 소개하기도 했다.

고고학자로서 메리메는 1834년 역사 기념물 총감독관이 되었으며 1860년까지 무려 26년간 재직하였다. 그는 프랑스의 역사 기념물 복원에 상당한 기여를 했다. 우선 문화 파괴의 위험에 놓인 수많은 기념물을 분류 정리하며 복원의 중요성을 알리는 공헌을 남겼다. 또한 1849년에는 역사적 기념물을 보존해야 한다는 캠페인을 벌임으로써 성벽 파괴 금지 법안을 통과시켜 도시의 역사적 기념물을 지키는 데 공헌하였다. 그는 1844년 아카데미 프랑세즈의 회원이 되었으며, 1852년에는 전부터 절친했던 나폴레옹 3세비의 추천으로 상원의원이 되었다. 상원위원이 된 이후 자유주의에서 보수주의로 돌아섰으며, 황실 측근으로 정계와 사교계에서도 큰 권세를 누렸다.

메리메는 영국, 스페인, 이탈리아, 그리스, 동유럽, 러시아 등지를 여행하였는데, 특히 1830년 스페인 여행이 『카르멘』의 탄생에 영향을 준 것으로 보인다. 그는 당시 몬티호 부인으로부터 '집시와 사랑에 빠져 불행해진 젊은 병사'의 이야기를 들었다. 1845년 5월 16일 몬티호 부인에게 보낸 편지에서 "부인께서 15년 전에 해준 이야기"가 『카르멘』의 출발점이 되었음을 밝히고 있는데, 15년이 지나서야 작품이 탄생했다고 할 수 있는 것이다. 1831년 발표한 『스페인에서 온 편지』를 보아도, 도둑, 스페인 점술가, 스페인의 풍습 등 카르멘의 이야기와 유사한 이야기들이 담겨 있으니, 1830년 여행 후 이런 이야기를 메리메가 구상하게 되었음을 알 수 있다. 또한 1830년 여행 중 그라나다에서 카르멘을 연상시키는 아름다운 집시를 만난 적이 있는데, 그 소녀의 이름이 카르멘시타였다는 점도 주목할 만하다. 하지만 메리메는 15년의 세월이 흐른 후에야, 영국 작가 조지 보로의 『스페인의 성경』이라는 책을 보고 자극을 받아 『카르멘』을 집필하게 되었고, 단 팔 일 만에 완성하였다고 한다. 『카르멘』은 1845년 발표 당시에는 비평가들로부터 묵살되었지만, 오페라의 성공에 힘입어 오늘날에는 많은 독자를 얻고 있다.

2. 오페라 「카르멘」의 작곡가: 조르주 비제(Georges Bizet, 1838~1875)의 일생

1838년 10월 25일 조르주 비제는 프랑스 파리에서 태어났다. 성악교사인 아버지 아돌프 아르망 비제와 피아니스트인 어머니 사이에서 태어나 어릴 때부터 음악적 재능을 보였다.

1848년 10세 때 파리음악원에 들어가 마르몽텔에게 피아노를, 브누아에게 오르간과 푸가를, 지메르만에게 작곡을 배우고, 때로는 구노의 강의를 들었다. 지메르만이 죽은 후에는 알레비에게 사사했는데, 비제는 구노와 알레비에게서 특히 많은 영향을 받았다. 후에(1869년) 알레비의 딸 주느비에브 알레비와 결혼했으며, 주느비에브는 비제의 가장 적극적인 후원자가 되었다.

1856년 오페레타 「의사 미라클」을 작곡하였다.

1857년 칸타타 「클로비스와 클로틸드」로 로마대상을 받아, 22세까지는 이탈리아 로마로 유학하였으나, 어머니의 죽음으로 3년 만에 파리로 돌아오게 되었다. 로마 유학 시절 「돈 프로코피오」를 작곡하였다. 피아노 연주 실력이 뛰어나서 당대의 거장 리스트(Franz Liszt)에게 인정을 받기도 했지만, 피아노 연주만으로는 살아가는 것이 어렵다고 생각하여, 오페라 작곡가로 성공하기로 결심했다.

비제가 활동하던 시기에 많은 오페라 작곡가들은 독일 오페라의 거장 바그너의 영향을 받아 모방적으로 작곡을 하였다. 하지만 비제는 고집스럽게도 자신만의 음악적 양식을 고집하였고, 독창적인 음악적 소재를 사용하려고 노력하였다. 바그너와 그의 추종자들이 주로 신화와 같은 고전적인 내용의 오페라를 다뤘다면, 비제는 당시에 실제 있을법한 내용의 오페라를 만들고자 하였다. 특히 각 지역을 배경으로 하는 오페라에서는 그 지역의 민속적인 선율이나 리듬을 사용하여 그 지역의 음악적 특징을 드러내고자 하였다.[11] 그리하여 그의 오페라는 이국주의적이고 사실주의적인 요소를 갖고 있으며, 그의 사실주의적 경향은 이탈리아 베리스모 오페라에 영향을 끼쳤다.

오페라 「진주조개잡이」(1863)는 오페라 작곡가로서의 비제를 부각시킨 최초의 작품으로 파리 리리크 극장에서 초연되었다. 전형적인 그랑 오페라인 이 작품은, 이국적인 실론섬(지금의 스리랑카)을 배경으로 남녀 간의 사랑을 그린 작품이다. 1867년에는 「퍼스의 아름다운 아가씨」를 작곡하여(스코틀랜드 퍼스 마을을 배경) 파리 리리크 극장에서 초연되었다.

1865년경부터는 로마대상으로 받던 연금이 끊겨서 비제는 출판사의 주문에 의한 가곡을 쓰거나 편곡을 해주고 음악을 가르치면서 생활을 하였다. 계속되는 과로와 고정 수입이 없는 불안감으로 그는 술을 가까이하여 건강이 나빠지기도 하였다. 1869년 은사인 일레비의 딸 주느비에브와 결혼하였는데, 오페라 「카르멘」의 대본을 쓴 알레비는 바로 주느비에브의 사촌이다.

1870년 보불전쟁이 발발하여, 파리의 모든 극장이 폐쇄되었으며, 비제는 국민군으로 전쟁에도 참전하였다.

이집트를 배경으로 한 단막 오페라인 「자밀레」가 1872년 파리 오페라 코미크 극장에서 초연되었고 작은 성공을 거두었다.

1872년 알퐁스 도데의 희곡을 극화한 「아를의 연인」의 부수음악 작곡 및 모음곡이 성공을 거두었다.

---

11) 이우진, *op.cit.*, p. 22.

1873년 비제는 메리메의 소설 『카르멘』을 오페라로 만드는 데 착수한다. 이 작품은 비제를 가장 유명하게 만든 작품으로 1875년 3월 3일, 파리의 오페라 코미크 극장에서 초연된다. 밀수업자, 집시, 비천한 담배 공장 여공들이 등장하고, 칼싸움에 시체가 뒹구는 이 작품은 당시 주요 관객인 귀족이나 부르주아들의 취향과 일치하지 않았다.[12] 그럼에도 불구하고 「카르멘」은 1875년 봄 공연까지 파리에서 무려 37회나 공연되었다. 그리고 같은 해 11월 15일부터 8회 동안 다시 무대에 올려졌다. 1876년 3번 더 공연되었는데, 2월 15일 48회를 마지막으로 더 이상 무대에 올리지 못했다.[13] 마지막 공연에는 관객이 아무도 없었다고 전해진다. 이후 7년 동안이나 오페라 「카르멘」은 파리에서는 무대에 오르지 못했다.

비제는 카르멘이 초연되고 3개월이 지난 1875년 6월 3일에 37세의 젊은 나이로 요절하고 만다. 자신의 오페라가 세계적으로 가장 유명한 오페라 중 하나가 될 것이라는 사실을 알지 못한 채 죽음을 맞이한 것이다. 그의 안타까운 죽음의 원인은 과로로 인한 심장발작이었으나 심혈을 다하여 작곡한 오페라 「카르멘」의 실패에서 비롯되었다고 보는 사람들도 있다.

비제의 죽음 후 「카르멘」은 성공을 거둔다. 초연의 실패를 보완하기 위해, 비제의 친구인 기로가 일부 대화를 레치타티보로 고쳤는데, 재공연이 성공할 수 있었던 것은 그 짧은 시간 사이에 세상

---

12) *Ibid.*, p. 25.

13) Nathaniel Chase Merrill, 「Bizet's Carmen and its early versions」(Boston University Graduate School), 1953, pp. 13-14.

이 변하였기 때문이라고 할 수 있다. 카르멘의 참신한 소재와 혁신적 기법은 기존의 신화나 전설, 귀족들의 낭만적 이야기로만 이루어져 있던 오페라계에 일대 새바람을 불러일으켰으며, 일반 대중들에게도 큰 호응을 얻게 되었다.

1876년 「카르멘」을 관람한 차이코프스키는 "10년 이내에 「카르멘」은 전 세계에서 가장 인기 있는 오페라로 떠오를 것입니다."라며 극찬하였고, 1888년 니체 또한 매료되어 다음과 같이 말하였다. "이보다 더 고통스럽도록 비극적인 느낌의 곡조가 무대에서 흘러나오는 것을 일찍이 들어본 적이 있는가? 하지만 얼마나 성공적으로 만든 곡조인가! 겉치레로 꾸며대지 않고 속임수가 전혀 없으며, 거창한 양식의 환상이 담겨있지도 않은 곡조이니 말이다!"

이후 「카르멘」은 세상에서 가장 유명한 오페라 중 하나가 되었으며, 오페라의 성공에 힘입어 뮤지컬, 영화, 발레, 연극 등으로도 만들어져 오늘날까지 큰 사랑을 받고 있다.

3. 소설『카르멘』의 줄거리

1장

1인칭 서술자인 어떤 고고학자가 이야기를 들려준다. 그는 1830년 초가을에, 로마제국 시대 카이사르의 전쟁터에 대한 고고학적 고증을 위해 안달루시아 지방에서 꽤나 긴 답사를 했다. 여행 중 어느 협곡에서 화자는 산적 돈 호세를 만나게 된다. 화자의 안내인이 돈 호세가 산적임을 알아차려서 주의를 주려 하지만, 화자는 오히려 돈 호세에게 시가와 음식을 제공한다. 이후 이들은 함께 여관에 숙박하게 되고, 안내인이 돈 호세를 밀고하여 보상금을 타내려 하지만, 화자가 돈 호세에게 이를 알려주어 돈 호세를 도주시킨다.

2장

화자는 코르도바 강변에서 우연히 집시 여인인 카르멘을 만나게 된다. 그는 카르멘과 함께 카페에 가고, 이어 그녀가 점을 쳐주겠다고 하여 카르멘의 집으로 함께 간다. 카르멘이 점을 치는 중에 돈 호세가 이 집으로 들어온다. 돈 호세의 등장으로 카르멘과 돈 호세는 말다툼을 하고, 결국 화자는 그 집에서 나온다. 숙소에 돌아온 화자는 자신의 시계가 없어졌음을 알게 된다. 이후 화자는 세비야를 여행하였다가 몇 달 후 다시 코르도바를 방문한다. 코르도바에서 그는 살인죄로 감옥에 갇혀 교수형을 기다리고 있는 돈 호세를 다시 만나게 된다. 돈 호세는 화자에게 자기가 죽으면 자신의 유품인 은메달을 고향의 노파(어머니)에게 전해달라고 부탁한다.

3장

3장에서 소설의 서술자는 1장과 2장의 서술자였던 고고학자가 아니라 돈 호세로 바뀌어, 고고학자에게 이야기를 들려준다. 3장은 소설의 가장 주된 내용으로, 돈 호세와 카르멘의 사랑 이야기이다.

바스크 출신의 돈 호세는 고향을 떠나 기병연대에 입대하여, 세비야의 담배 공장 옆 경비대에서 근무한다. 어느 날 집시 여인인 카르멘을 보게 되는데, 카르멘이 먼저 돈 호세에게 관심을 보이며 말을 시키고, 그에게 아카시아 꽃을 던진 후 사라진다. 이후 카르멘은 동료인 담배 공장 여공과의 싸움 끝에 상대방에게 상처를 입혀 감옥으로 호송되게 된다.[14] 돈 호세가 호송 임무를 맡게 되는데, 호송 중 돈 호세는 카르멘이 고향 출신이라는 말에 속아 그녀의 간청대로 도주를 돕는다. 이로 인해 돈 호세는 감옥에 갇히고 계급도 강등된다. 이후 감옥에서 나온 돈 호세는 카르멘을 다시 만나게 되고, 두 사람은 칸딜레호의 집에서 사랑의 밤을 보낸다. 얼마 후 돈 호세는 상관인 중위와 카르멘의 만남을 목격하게 되고, 질투로 중위를 죽이게 된다. 도망친 돈 호세는 카르멘의 권유대로 밀수업자가 된다. 밀수업을 하며 살아가는 중, 돈 호세는 카르멘의 남편인 집시 가르시아를 결투로 죽인다. 얼마 지나지 않아 돈 호세는 큰 부상을 입게 되고 카르멘의 극진한 간호로 회복된다. 그러다 돈 호

---

14) 오유주, 『19세기 고급창부 특징에 근거한 캐릭터 분석과 음악적 표현 연구: 오페라 〈카르멘〉, 〈라 보엠〉, 〈라 트라비아타〉를 중심으로』(석사학위논문), 이화여자대학교, 2018. p. 11:
카르멘의 배경이 된 1820년의 담배 공장 노동환경은 상상할 수 없을 만큼 열악했다. 하나로 트인 작업장 안에는 500여 명의 여자들이 빽빽하게 들어앉아 온종일 담뱃잎을 말았다…. 양가의 규수는 직업을 가질 수 없었던 시대인 만큼, 담배 공장 노동자들은 모두 가난한 하층민 처녀, 유부녀, 과부들이었다. 〈카르멘〉의 무대가 된 스페인 남부 안달루시아 지방의 도시 세비야에는 집시들이 많기로 유명했고 그들 대부분이 담배 공장에서 일했다.

세는 카르멘이 루카스라는 투우사를 만나는 것을 알게 되어 또다시 질투에 괴로워한다. 결국 그는 카르멘에게 미국으로 가서 새로운 삶을 시작하자고 애원하지만, 카르멘은 이를 거부한다. 카르멘은 심지어 돈 호세를 사랑하지 않는다고 말하며, 그가 준 반지까지 빼어버린다. 결국 돈 호세는 카르멘을 죽인다. 카르멘의 시신을 묻은 후 돈 호세가 자수한다.

4장

고고학자인 1장과 2장의 서술자가 다시 4장의 서술자가 된다. 그는 소설의 마지막을 카르멘의 이야기와는 연관성이 거의 없어 보이는 내용, 즉 집시의 민족성과 언어 등에 대한 민족학 연구보고서로 마무리한다.

4. 오페라 「카르멘」의 줄거리

제1막

세비야의 어느 광장.

군인과 마을 사람들이 할 일 없이 서성거리는데, 돈 호세의 약혼녀인 순진하고 아름다운 미카엘라가 돈 호세를 찾아온다. 군인들은 그가 곧 돌아올 것이니 함께 있자고 미카엘라에게 제안하지만 그녀는 거절한다. 곧 돈 호세를 비롯한 군인들이 도착하고, 공장의 휴식을 알리는 종소리가 울리면서 집시인 카르멘과 담배 공장 여공들이 등장한다. 모두의 관심을 받는 카르멘은 유명한 아리아 **'사랑은 반항하는 새(하바네라)'**를 부른다. 카르멘은 자신에게 유일하게 관심이 없는 돈 호세에게 꽃을 던지고 나서 공장 안으로 들어간다. 그 꽃을 집어 든 돈 호세는 알 수 없는 마력에 끌린다. 미카엘라가 돈 호세를 발견하고 다가가 그의 어머니로부터 전해 받은 편지와 키스를 전한다. 이미 카르멘에게 마음을 뺏긴 돈 호세는 그러나 미카엘라에게 사랑과 믿음을 약속한다. 이때 공장에서 날카로운 비명 소리가 들린다. 카르멘이 동료와 다투다 칼끝으로 상대의 얼굴에 상처를 입힌 것이다. 주니가 대위는 돈 호세에게 카르멘을 감옥에 보내라고 명령한다. 체포당한 카르멘은 끌려가면서 자신을 연행하는 돈 호세에게 도망치게 해달라고 유혹한다. 카르멘의 유혹에 넘어간 돈 호세는 그녀의 도망을 돕고 카르멘은 도망친다. 이로 인해 돈 호세는 감옥에 갇힌다.

제2막

세비야의 술집.

마을 사람들과 군인들이 등장하여 인기 많은 투우사 에스카미요를 환호하는 가운데 투우사 에스카미요가 **'투우사의 노래'**를 부르며 등장한다. 에스카미요는 카르멘에게 관심을 보이지만 카르멘은 아직 무관심하다. 무리들이 사라지고, 밀수업자인 레멘다도와

단카이로가 와서 카르멘, 메르세데스, 프라스키타에게 곧 있을 밀수를 함께 하자고 제안한다. 그때 돈 호세가 등장하고 다른 무리들은 그곳을 떠난다. 돈 호세의 등장에 카르멘은 기뻐하며 그를 위해 춤을 춘다. 귀대를 알리는 나팔 소리에 돈 호세가 돌아가려 하자, 카르멘은 화를 내며 헤어지자고 한다. 돈 호세는 '**꽃노래**'를 부르며 감옥에서도 그녀가 주었던 꽃의 향기를 맡으며 자기가 그녀를 생각했음을 노래한다. 그때 카르멘에게 호감이 있는 주니가 대위가 찾아온다. 질투심에 눈이 먼 돈 호세는 주니가 대위와 싸우게 되고 결국 주니가 대위에게 부상을 입힌다. 이로 인해 돈 호세는 탈영병이 되어 밀수업자 패거리에 가담하게 된다.

제3막

산 속에 있는 밀수업자들의 은신처.

카르멘과 돈 호세가 밀수업자들과 함께 등장한다. 돈 호세가 고향과 어머니를 그리워하자, 카르멘은 돈 호세에게 그의 어머니에게 돌아가라고 말한다. 프라스키타와 메르세데스는 카드점을 치고 있다. 카르멘의 점괘가 자신과 돈 호세의 죽음을 예고한다. 밀수업자들은 짐을 운반하고 기지에서 돈 호세 혼자 망을 보고 있다. 마침 미카엘라가 돈 호세를 찾아오는 모습이 잠시 보였다가 그녀가 총소리에 놀라 퇴장하고, 에스카미요도 카르멘을 찾아 산속으로 온다. 투우사 에스카미요와 돈 호세가 이야기를 주고받는 과정에서, 돈 호세는 에스카미요가 카르멘을 사랑한다는 말을 듣게 되고 결투를 신청하여 두 사람이 싸운다. 에스카미요가 열세에 몰렸을 때 카르멘과 밀수업자들이 등장해 싸움을 말리고, 에스카미요는 사람들에게 투우 경기에 초대한다는 말을 남기며 돌아간다. 이때 미카엘라가 다시 등장하여 돈 호세에게 그의 어머니가 위독하여 아들이 돌아오기만을 기다린다는 소식을 전한다. 돈 호세는 다시 돌아오겠다는 말을 남기고 미카엘라와 함께 떠난다.

제4막

투우 경기장.

카르멘이 에스카미요와 함께 등장하고, 둘은 서로 사랑함을 이야기한다. 투우 경기를 위해 에스카미요가 퇴장한다. 카르멘의 친구 프라스키타와 메르세데스가 다가와 돈 호세가 여기 있으니 이곳을 떠나라고 충고한다. 그러나 카르멘은 충고를 듣지 않는다. 돈 호세가 등장하여 카르멘에게 지난 일은 다 잊고 자신과 함께 떠나자고 애원한다. 하지만 카르멘은 이제 돈 호세를 사랑하지 않으며 에스카미요를 사랑한다고 말한다. 돈 호세가 점점 더 필사적으로 매달리자, 카르멘은 돈 호세가 자기에게 주었던 반지를 빼어 던져 버린다. 참을 수 없게 된 돈 호세는 그녀를 붙잡아 칼로 찔러 죽인다. 카르멘이 죽는 그 순간, 투우장에서는 군중들이 에스카미요를 환호하는 노래가 들려오고, 돈 호세는 죽은 카르멘의 시신을 안고서 자신이 카르멘을 죽였다고 울부짖는다.

5. 대표적인 아리아: 하바네라, 꽃노래, 투우사의 노래

하바네라(Havanera): 사랑은 반항하는 새
카르멘의 아리아

L'amour est un oiseau rebelle	사랑은 반항하는 새랍니다.
que nul ne peut apprivoiser.	아무도 길들일 수 없어요.
Et c'est bien en vain qu'on l'appelle,	거절하기로 마음먹으면
s'il lui convient de refuser.	아무리 불러봤자 소용없답니다.
Rien n'y fait, menace ou prière.	협박도 간청도 아무것도 안 통해요.
L'un parle bien,	어떤 이는 말을 잘하고
l'autre se tait;	어떤 이는 과묵하죠.
et c'est l'autre que je préfère.	내가 좋아하는 사람은 후자랍니다.
Il n'a rien dit	아무 말도 안 했지만
mais il me plaît.	내 마음에 들거든요.
L'amour! l'amour! l'amour!	사랑이여! 사랑! 사랑!
l'amour!	사랑!
L'amour est enfant de Bohême.	사랑은 집시의 아이랍니다.
Il n'a jamais, jamais connu de loi;	결코 어떤 규칙도 따르지 않아요.
Si tu ne m'aimes pas,	당신이 날 사랑하지 않으면,
je t'aime.	난 당신을 사랑할 거예요.
Si je t'aime,	만일 내가 당신을 사랑하게 되면,
prends garde à toi!	조심하세요.
Si tu ne m'aimes pas,	당신이 날 사랑하지 않으면,
si tu ne m'aimes pas,	당신이 날 사랑하지 않으면,

je t'aime.
Mais si je t'aime,
si je t'aime,
prends garde à toi!
Si tu ne m'aimes pas,
si tu ne m'aimes pas,
je t'aime.
Mais si je t'aime,
si je t'aime,
prends garde à toi!

난 당신을 사랑할 거예요.
그러나 만일 내가 당신을 사랑하게 되면,
만일 내가 당신을 사랑하게 되면,
조심하세요.
당신이 날 사랑하지 않으면,
당신이 날 사랑하지 않으면,
난 당신을 사랑할 거예요.
그러나 만일 내가 당신을 사랑하게 되면,
만일 내가 당신을 사랑하게 되면,
조심하세요.

L'oiseau que tu croyais surprendre
battit de l'aile et s'envola;
L'amour est loin,
tu peux l'attendre;
tu ne l'attends plus,
il est là!
Tout autour de toi, vite, vite.
Il vient, s'en va,
puis il revient….
Tu crois le tenir,
il t'évite,
tu crois l'éviter, il te tient.
L'amour! l'amour! l'amour!
l'amour!

당신이 잡았다고 생각한 새가
날개를 펼치고 날아가 버렸죠.
사랑이 멀리 있을 때,
당신은 사랑을 기다리죠.
더 이상 기다리지 않을 때
사랑이 찾아온답니다.
바로 당신 주위에서, 빠르게, 빠르게.
사랑은 왔다가 가버리고
또다시 오지요.
당신이 잡았다고 생각하면
도망쳐버리고
피하려고 하면 당신을 붙잡는답니다.
사랑이여! 사랑! 사랑!
사랑!

L'amour est enfant de Bohême.
Il n'a jamais, jamais connu de loi;

사랑은 집시의 아이랍니다.
결코 어떤 규칙도 따르지 않아요.

Si tu ne m'aimes pas,   당신이 날 사랑하지 않으면,
je t'aime.   난 당신을 사랑할 거예요.
Si je t'aime,   만일 내가 당신을 사랑하게 되면,
prends garde à toi!   조심하세요.
Si tu ne m'aimes pas,   당신이 날 사랑하지 않으면,
si tu ne m'aimes pas,   당신이 날 사랑하지 않으면,
je t'aime.   난 당신을 사랑할 거예요.
Mais si je t'aime,   그러나 만일 내가 당신을 사랑하게 되면,
si je t'aime,   만일 내가 당신을 사랑하게 되면,
prends garde à toi!   조심하세요.
Si tu ne m'aimes pas,   당신이 날 사랑하지 않으면,
si tu ne m'aimes pas,   당신이 날 사랑하지 않으면,
je t'aime.   난 당신을 사랑할 거예요.
Mais si je t'aime,   그러나 만일 내가 당신을 사랑하게 되면,
si je t'aime,   만일 내가 당신을 사랑하게 되면,
prends garde à toi!   조심하세요.

꽃노래: 당신이 내게 던진 꽃(La fleur que tu m'avais jetée)
돈 호세의 아리아

La fleur que tu m'avais jetée   당신이 나에게 던진 꽃을
dans ma prison m'était restée;   감옥에서도 간직하고 있었다오.
Flétrie et séche, cette fleur   시들고 말라버렸지만, 이 꽃은
gardait toujours sa douce odeur;   계속 달콤한 향기가 났지요.

Et pendant des heures entières,
sur mes yeux
fermant mes paupières,
de cette odeur je m'enivrais.
Et dans la nuit je te voyais!
Je me prenais à te maudire,
à te détester, à me dire:
Pourquoi faut—il que le destin
l'ait mise là sur mon chemin?
Puis je m'accusais
de blasphème.
Et je ne sentais en moi—même,
je ne sentais qu'un seul désir,
un seul désir,
un seul espoir.
Te revoir, ô ma Carmen,
oui, te revoir!
Car tu n'avais eu
qu'à paraître,
qu'à jeter un regard
sur moi
pour t'emparer de tout mon être.
Ô ma Carmen!
J'étais une chose à toi.
Carmen, je t'aime!

몇 시간 동안이나
감은 눈 위에
두고서
나는 그 향기에 취했다오.
밤이면 당신 모습이 보였어요!
당신을 저주하고
미워하며 이렇게 생각했지요:
왜 운명이 내 앞길에
그 여자를 놓아두었을까?
그러고는 당신을 모욕한
나를 나무랐어요.
내 마음속에서는
한 가지 욕망만을 느낄 수 있었어요.
한 가지 욕망만을,
한 가지 희망만을.
당신을 다시 보는 것, 오 나의 카르멘,
그래요, 당신을 다시 보는 것만을.
왜냐하면 그저 내 앞에
나타났을 뿐인데,
당신은 내게 눈길을 한 번
주었을 뿐인데,
내 모든 것을 사로잡아 버렸으니까요.
오, 나의 카르멘!
나는 당신의 소유물이 되어버렸어요.
카르멘, 당신을 사랑해요!

투우사의 노래(Toréador en Garde)
에스카미요의 아리아

Votre toast,	여러분의 축배에,
je peux vous le rendre.	저도 여러분께 축배를 드려요.
Señors, señors, car avec les soldats,	여러분, 여러분, 그래요, 군인과
oui, les Toréros peuvent s'entendre;	투우사는 서로 뜻이 통하니까요.
pour plaisirs, pour plaisirs,	기쁨을 위해, 기쁨을 위해
ils ont les combats!	그들은 싸우죠.
Le cirque est plein,	투우장이 가득 찼어요.
c'est jour de fête.	축제일이랍니다.
Le cirque est plein	맨 위부터 아래까지 투우장이
du haut en bas.	가득 찼어요.
Les spectateurs perdant la tête	관객들은 이성을 잃고
les spectateurs s'interpellent	떠들썩하게
à grand fracas!	소리친답니다!
Apostrophes, cris et tapage	욕설과 고함과 소란이
poussés jusques à la fureur!	극에 달하지요!
Car c'est la fête du courage,	왜냐하면 투우는 용맹의 축제니까요.
c'est la fête des gens de cœur!	용기 있는 사람들의 축제지요.
Allons! en garde! allons, allons, ah!	자! 준비해요! 갑시다! 갑시다! 아!
Toréador, en garde!	투우사여, 준비해요!
Toréador! Toréador!	투우사여, 투우사여!
Et songe bien,	그리고 기억해요,
oui, songe en combattant,	그래요, 싸우면서 기억해요.
qu'un œil noir te regarde	검은 눈이 당신을 보고 있다는 것을,
et que l'amour t'attend!	그리고 사랑이 당신을 기다린다는 것을.

Toréador, l'amour,
l'amour t'attend!

투우사여, 사랑이,
사랑이 당신을 기다린다는 것을.

Toréador, en garde!
Toréador! Toréador!
Et songe bien,
oui, songe en combattant,
qu'un œil noir te regarde
et que l'amour t'attend!
Toréador, l'amour,
l'amour t'attend!

투우사여, 준비해요!
투우사여, 투우사여!
그리고 기억해요,
그래요, 싸우면서 기억해요.
검은 눈이 당신을 보고 있다는 것을,
그리고 사랑이 당신을 기다린다는 것을.
투우사여, 사랑이,
사랑이 당신을 기다린다는 것을.

Tout d'un coup, on fait silence.
on fait silence…
Ah! que se passe-t-il?
Plus de cris,
c'est l'instant!
Plus de cris,
c'est l'instant!
Le taureau s'élance
en bondissant hors du Toril!
Il s'élance! il entre, il frappe!
Un cheval roule,
entraînant un Picador.
"Ah! bravo! Toro!" hurle la foule!
Le taureau va, il vient,
il vient et frappe encore!

갑자기, 정적이 흐르네.
정적이 흐르네.
아, 무슨 일이지?
더 이상 고함이 들리지 않네.
바로 그 순간!
더 이상 고함이 들리지 않네.
바로 그 순간!
황소가 뛰어오르네
울타리를 뛰쳐나오네!
황소가 돌진하고, 들어가고, 들이받네!
말이 쓰러지고,
피카도르가 질질 끌려가네.
"아! 황소 만세!" 관중들이 환호하네!
황소가 저리 갔다, 이리 오고,
이리 와서 다시 들이받네!

En secouant ses banderilles	등에 꽂힌 창을 흔들며,
plein de fureur, il court!	성이 나서 뛰어다니네!
Le cirque est plein de sang!	투우장은 피로 물드네!
On se sauve, on franchit les grilles!	모두 도망가고, 철책을 넘어가네!
C'est ton tour maintenant!	이제 당신 차례야!
Allons! en garde! allons! allons! ah!	자, 준비해요! 갑시다! 갑시다! 아!

Toréador, en garde!	투우사여, 준비해요!
Toréador, Toréador!	투우사여, 투우사여!
Et songe bien,	그리고 기억해요,
oui, songe en combattant	그래요, 싸우면서 기억해요.
qu'un oeil noir te regarde,	검은 눈이 당신을 보고 있다는 것을,
et que l'amour t'attend.	그리고 사랑이 당신을 기다린다는 것을.
Toréador, l'amour,	투우사여, 사랑이,
l'amour t'attend!	사랑이 당신을 기다린다는 것을.

Toréador, en garde!	투우사여, 준비해요!
Toréador, Toréador!	투우사여, 투우사여!
Et songe bien,	그리고 기억해요,
oui, songe en combattant	그래요, 싸우면서 기억해요.
qu'un oeil noir te regarde,	검은 눈이 당신을 보고 있다는 것을,
et que l'amour t'attend,	그리고 사랑이 당신을 기다린다는 것을.
Toréador, l'amour,	투우사여, 사랑이,
l'amour t'attend!	사랑이 당신을 기다린다는 것을.

6. 작가 연보

1803년 9월 28일, 파리에서 프로스페르 메리메 출생. 파리 이공과대학의 데생 교수인 아버지 레오노르 메리메와 그림을 잘 그리던 어머니 안 루이즈 모로 사이에서 태어남.

1812년 나폴레옹 고등학교(지금의 앙리 4세 고등학교)에 입학.

1819년 파리대학 법학부 입학.

1822년 스탕달(Stendhal)을 처음으로 만남.(스탕달은 메리메보다 20살 연상임). 4월 부활절 휴가 때 운문으로 된 비극「크롬웰」을 썼지만, 스스로 원고를 파기함.

1823년 파리대학 법학부 졸업.

1825년 「클라라 가쥘의 희곡집」 발표.(스페인의 유명한 여배우인 클라라 가쥘의 작품을 번역하였다고 하였으나, 실제로 클라라 가쥘은 존재하지 않음).

1827년 「라 귀즐라」를 익명으로 발표.

1828년 펠릭스 라코스트(정부의 남편)와의 결투로 왼팔에 부상을 입음.(자신은 총을 발사하지 않음).

1829년 「샤를 9세 시대 연대기」,「마테오 팔코네」,「성체 마차행렬」,「샤를 11세의 환영」,「타망고」,「페데리고」,「기회」 등을 발표.

1830년 「에트루리아 꽃병」,「주사위 게임」 등을 발표.
스페인을 여행함. 이 여행에서 몬티호 부인으로부터 '집시와 사랑에 빠져 불행해진 젊은 병사'의 이야기를 들음. 이 이야기를 바탕으로 15년 후 소설『카르멘』이 쓰임.

1831년 「스페인에서 온 편지」의 첫 두 편 발표.

1832년 12월 내무성 장관 비서실장에 임명됨.
제니 다캥(Jenny Dacquin)을 만남.(제니 다캥에게 보낸 메리메의 편지들은 1873년 메리메의 사후에 「미지의 여인에게로의 편지」라는 제목으로 출판됨).

1833년 6월 4일 「모자이크」 출판.(「마테오 팔코네」, 「에트루리아 꽃병」, 「주사위 게임」, 「샤를 11세의 환영」, 「타망고」, 「페데리고」 등이 실림).

9월 「이중의 오해」 발표.

12월 「스페인 마법사들」 발표.

1834년 5월 역사 기념물 총감독관에 임명됨.

8월 소설 「연옥의 영혼들」 발표.

1835년 7월 「남프랑스 여행기」 발표.

1836년 2월 발랑틴 들레세르(Valentine Delessert) 부인이 메리메의 정부가 됨.

9월 아버지 사망.

10월 「서프랑스 여행기」 발표.

1837년 5월 「일르의 비너스」 발표.

9월 역사 기념물 위원회에 참여.(1839년에 메리메는 이 위원회의 부위원장이 됨).

1838년 10월 「오베르뉴 여행기」 발표.

1839년 메리메가 이탈리아로 건너가 치비타베키아에 있던 스탕달을 만남. 두 사람은 로마와 나폴리 등지를 함께 여행함.

1840년 4월 「코르시카 여행기」 발표.

7월 「콜롱바」 발표.

1842년 3월 스탕달 장례식에 참석.

제니 다캥이 파리로 이주하여 다시 가까워짐.

1844년 3월 아카데미 프랑세즈 회원으로 선출됨.

「아르센 기요」 발표.

1845년 10월 1일 소설 「카르멘」 발표.(완성은 5월 16일).

1846년 2월 「오뱅 사제」 발표.

1847년 「카르멘」 출판.

12월 「돈 페드로 1세의 역사」 연재를 시작함.

1848년 2월 혁명을 겪음.

들레세르 부인과의 관계가 소원해짐. 러시아어를 배움.

1849년 7월 푸시킨의 「스페이드의 여왕」 번역.

1850년 3월 코메디 프랑세즈에서 「성체 마차행렬」이 초연되나, 좋은 반응을 얻지 못함.

1851년 11월 「니콜라이 고골에 관하여」 발표.

1852년 4월 어머니 사망.

5월 공공 도서관의 책과 문서를 훔친 혐의로 기소된 기욤 리브리를 옹호하는 글을 발표했다가 사법부 모독죄로 15일간 구류형을 선고받고 교도소에 수감됨.

1853년 6월 상원의원에 임명됨. 역사 기념물 총감독관직을 계속 병행하고 싶어 하여, 급여를 받지 않고 겸직함.

7월 희곡 「두 개의 유산」을 간행함.

1854년 12월 들레세르 부인과 절교.

1856년 건강이 나빠진 메리메가 칸으로 휴양 감. 이후 겨울이면 규칙적으로 칸에서 지내곤 함.

1860년 역사 기념물 총감독관직에서 물러남.

1865년 9월 비스마르크를 만남.

1866년 9월 「푸른 방」을 씀.

옛 정부였던 들레세르 부인이 다시 돌아옴.

1870년 1월 「주만」을 쓰기 시작함.

9월 23일 칸에서 메리메 사망.

참고문헌

Prosper Mérimée: *Carmen*, Folio classique, 2018.

Prosper Mérimée: *Carmen*, Larousse, 2008.

Prosper Mérimée: *Carmen*, Librio, 1994.

엘리자베스 라부 랄로 외, 『카르멘』, 정희경 옮김, 이룸, 2004.

강희선, 「페미니즘적 시각에서 본 19·20세기의 오페라 −〈라트라비아타〉, 〈카르멘〉 그리고 〈나비부인〉을 중심으로」, 『음악과 민족』, 2004.

국립오페라단 창단 50주년 기념 팸플릿, 2012.

김은년, 「〈카르멘〉의 역설−비극적 소설과 오페라 코미크 사이」, 『프랑스문화예술연구』, 2008.

송진석, 「메리메의 〈카르멘〉과 열정의 취급법」, 『불어불문학연구』, 2012.

이우진, 『비제의 오페라 〈카르멘〉에 나타난 이국주의에 대한 연구』(박사학위논문), 전북대학교, 2020.

오유주, 『19세기 고급창부 특징에 근거한 캐릭터 분석과 음악적 표현 연구: 오페라 〈카르멘〉, 〈라 보엠〉, 〈라 트라비아타〉를 중심으로』(석사학위논문), 이화여자대학교, 2018.

Nathaniel Chase Merrill, 「Bizet's Carmen and its early versions」(Boston University Graduate School), 1953.

DVD Carmen, recorded live at the Royal Opera House, Covent Garden.

| 옮긴이 소개 |

한 정 주

서울대학교 불어불문학과 졸업.
동 대학원에서 크레티엥 드 트루아 연구로 석사학위를,
스탕달 연구로 박사학위를 취득하였다.
서울대학교, 중앙대학교, 경기대학교 등에 출강하였다.
역서로는 『여덟 살 때 잠자리』가 있다.

카르멘 / 소설 카르멘에서 오페라 카르멘으로

2020년 8월 20일 1판 1쇄 인쇄
2020년 8월 25일 1판 1쇄 발행

지은이: 프로스페르 메리메
옮긴이: 한정주
펴낸이: 한정주
펴낸곳: 지성공간

경기도 파주시 광인사길 71
전화:(031) 955-6952 / 팩스:(031) 955-6037
Home-page: www.jsbook.co.kr / E-mail: kyoyook@chol.com
등록: 2008년 8월 26일 제406-2008-000067호

정가 12,000원

ISBN 979-11-86317-68-6

Printed in Korea.

옮긴이와의 협의하에 인지를 생략합니다.